弘教系列教材

MEISHUJIANSHANG SHIERJIANG
美术鉴赏十二讲

周永民 编著

复旦大学出版社

"弘教系列教材"编委会

主　任　詹世友

副主任　李培生　徐惠平

委　员（按姓氏笔画排列）

　　　　　马江山　于秀君　王艾平　叶　青

　　　　　张志荣　李　波　杨建荣　杨赣太

　　　　　周茶仙　项建民　袁　平　徐国琴

　　　　　贾凌昌　盛世明　葛　新　赖声利

顾　问　刘子馨

啊！人类，只有你才有艺术。

——［德］席勒

  这是德国18世纪诗人席勒对艺术的由衷赞美，也是对人类伟大创造力的感叹！是啊，艺术犹如荒漠中的绿洲和甘泉，是守护人类精神家园的缪斯女神！如果没有艺术，我们的生活会多么地乏味！让我们走进艺术的殿堂，感受它永恒的魅力吧！

目 录

前言 1

第一讲　诗性的美——中国古代绘画意蕴美鉴赏 1

第二讲　笔墨韵味——中国古代绘画形式美鉴赏 6

第三讲　冲和之美——中国古代山水画鉴赏 9

第四讲　闲情逸致——中国古代花鸟画鉴赏 15

第五讲　传神写照——中国古代人物画鉴赏 24

第六讲　传承与变革——"五四"以来中国画鉴赏 36

第七讲　书为心画——中国书法艺术鉴赏 46

第八讲　模仿自然——油画艺术鉴赏 56

第九讲　瞬间的艺术——雕塑、版画艺术鉴赏 69

第十讲　材美工巧——工艺美术鉴赏 79

第十一讲　凝固的音乐——建筑、园林艺术鉴赏 88

第十二讲　综合的艺术——动画艺术鉴赏 102

参考文献 107

前 言

为全面加强和改进新时代高校美育工作，切实提高学生的审美和人文素养，2019年4月11日，教育部下发了《关于切实加强新时代高等学校美育工作的意见》（以下简称《意见》）。《意见》对普通高校艺术教育做了强制性要求，规定公共艺术课程为大学生的必修课，而且每位学生须修满相应的公共艺术课程学分方能毕业，具体学分虽然由各高校规定，但肯定不能少于1门公共艺术课程，也不会低于2个学分。因为早在2006年，教育部办公厅就印发了《全国普通高等学校公共艺术课程指导方案》，该方案明确提出每个大学生在校学习期间，至少要选修1门公共艺术课程，通过考核，拿到2个学分。

教育部的《意见》再次强调了公共艺术课程学分，明确指出各校要根据实际情况，在确保底线要求的前提下，更好地推动高校公共艺术课程学分化建设，有条件的高校可以在此基础上提出更高的学分目标。

众所周知，美育是素质教育的重要一环，国家层面非常重视，但是执行起来却不尽如人意。中学教育一般是高考考什么就学什么，哪门课分数高课时就多，就重视。语文、数学课天天有，美术课可能1个星期只有1次。大学美育教育现状如何呢？2018年北京市一些重点高校做过相关调查。在北京市的这些重点高校中，差不多一半没有公共艺术选修课。连选修课都没有，必修课就更不可能。没有艺术课程，学生的美育素质教育几乎一片空白。调查还发现，几乎一半的被调查高校连公共艺术教学场所都没有。

国内情况如此，国外怎么样呢？从世界范围来看，国外许多大学都将提高学生的艺术素养放在十分重要的地位。例如，美国麻省理工学院虽为一所理工院校，却规定所有在校本科生必须修满8门人文艺术类课程，完成32个学分才能毕业。不仅美国如此，其他很多发达国家的大学生，甚至是中学生，除了有本专业的特长之外，艺术素养都比较高，音乐美术方面都有涉猎，甚至达到了一定的造诣。我们国家在艺术素质教育方面应加速追赶，缩小和发达国家的差距，为国家、社会培养全面发展的高素质人才。

所以，从目前情况来看，要使素质教育落到实处，公共美育课程的开设已经迫在眉睫。美术鉴赏课作为一门高校大学生的美育必修课就是在这一背景下应运而生的。

美术是指用一定的物质材料，如颜料、纸张、画布、笔墨等，塑造具体可感的视觉形象，以表达人类思想情感，反映社会人生和自然世界的一种艺术活动。美术是造型的艺术，也是视觉的艺术，主要包括绘画、雕塑、工艺美术、建筑艺术等。

顾名思义，美术鉴赏是对美术作品的鉴定和欣赏，是人们对艺术形象进行感受、理解和评判的思维活动和过程。在艺术鉴赏过程中，人们从艺术形象的具体感受出发，运用自己的视觉体验、过去积累的生活经验和文化知识对美术作品进行感知、联想、分析和判断，实现由感性到理性的认识飞跃，获得审美享受，并理解美术作品与美术现象。

在美术鉴赏的基础上，运用一定的理论观点和批评标准，对美术现象所作的科学分析和评价就是美术批评。美术批评是美术鉴赏的深化，批评者需掌握一定的批评理论知识，具备较高的审美鉴赏能力水平，在感受的基础上，以理论分析揭示美术作品、美术现象的社会意义和美学价值。美术批评负有一定的社会责任，并沟通、协调创作与欣赏的关系，以提高美术创作质量和社会艺术欣赏水准。

如何鉴赏美术？

第一，美术鉴赏需要适宜的心境和一定的艺术素养基础。

和一个饥肠辘辘的人大谈优美的风景无异于对牛弹琴，美术鉴赏需要适宜的心境。如果鉴赏美术作品的时候，心情闲适，无所牵挂，或者对欣赏对象感兴趣，很想鉴赏一番，这个时候鉴赏起来，就会起到事半功倍的效果。有适宜的心境之外，美术鉴赏还需要欣赏者具备一定的艺术素养。鲁迅先生说过焦大不会爱上林妹妹。焦大是红楼梦里的下人、粗人，和林妹妹身份地位等相差太大，两个人生活在不同的社会阶层里，所以没法爱上林妹妹。美术鉴赏也是如此，如果鉴赏者和鉴赏对象相距过大，不具备相应的艺术素养条件，那么鉴赏也很难进行。所以，鉴赏者应该尽可能地丰富自己的艺术素养和知识，这样才会使美术鉴赏有一个好的基础。

第二，美术鉴赏离不开想象力，也少不了情感的参与。

艺术和科学不同。艺术思维是形象的思维，美术鉴赏过程就是艺术思维的过程，离不开想象力。想象力是人类伟大的天赋，艺术创作离不开想象力，艺术鉴赏也是如此。欣赏者在审美感知的基础上，展开丰富的想象和联想，从而领悟把握艺术形象，获得审美享受和感悟。

美术鉴赏还需要欣赏者情感的参与。艺术是带有丰富情感的，以情动人是艺术发挥功用的重要途径。美术鉴赏过程始终伴随着情感的活动，只有融入情感，才能真正感受到作品的艺术魅力，体悟到作品的思想情感，和作品中艺术形象产生共鸣，得到美的陶冶、思想的启迪和情感的净化升华。

第三，美术鉴赏不可能一蹴而就，需要结合理性思维多次欣赏，反复体味。

美术鉴赏不是简单的观赏，要达到对作品深层次审美意蕴的把握，就离不开理性思维。理性思维是逻辑的思维，它和感性思维一起作用于美术鉴赏的心理活动过程中。理性思维的参与可以使欣赏者理解把握艺术作品深层次的意蕴美，真正地把握艺术作品，甚至洞悉到艺术规律和艺术真理，极大地提升艺术的审美鉴赏力。

"操千曲而后晓声，观千剑而后识器。"[1]美术鉴赏不可能一蹴而就，需要结合理性思维多次欣赏，

---

[1]〔南朝〕刘勰：《文心雕龙》，中华书局，2012年。

反复体味，才有可能把握理解艺术作品，领悟艺术意蕴，获得美的陶冶，提升思想境界和净化灵魂。

总之，美术鉴赏是人类高级的思维活动过程，是人感性思维、理性思维和情感活动共同参与的活动。想象力、理解力和情感活动是美术鉴赏必不可少的。每次对优秀美术作品的鉴赏都是一次与美的邂逅，一次想象的释放，一次情感的碰撞，一次美的理解、体悟与陶冶，一次灵魂的洗涤与升华。

鉴赏美术作品，不仅能提高同学们的审美鉴赏力，积累丰富的审美经验，提高辨别美丑的能力，还有助于扩大知识面，提高道德修养，树立正确的艺术观，确立科学的人生观。

通过美术鉴赏，可以了解古今中外的多种风格的美术作品，丰富美术知识，开阔艺术视野，更为重要的是，得到美的熏陶，提高审美鉴赏力和创造力，树立正确的审美观和审美理想，提高艺术素养，成为一名全面发展的当代大学生！

鉴于学习美术鉴赏课的是非美术专业的学生，所以，本书在编写时，在不损害内容的深度和广度的前提下，尽可能做到通俗易懂。同时，美术鉴赏课不等于美术史的学习，也不是美术作品的罗列，对于非美术专业的大学生，无需详尽地学习掌握各民族、国家、时期的美术作品、风格流派，是故本书每讲内容只选取典型范例（范例以中国美术作品为主），重点从美学角度阐述作品的艺术价值，使学生获得美的陶冶，提升审美能力。最后，本书对作品的阐述不流于浅显的简单叙述，力求多视角、多方位的切入，使分析阐述有更丰富的内涵，从而激发学习兴趣，使之更容易被理解把握。

第一讲 诗性的美
——中国古代绘画意蕴美鉴赏

《春江花月夜》

唐·张若虚

春江潮水连海平，海上明月共潮生。
滟滟随波千万里，何处春江无月明！
…………[1]

中国是诗的国度，唐代遗留下来的诗歌就有5万余首。上面引用的就是被誉为"诗中的诗、顶峰上的顶峰"（闻一多语）的《春江花月夜》，张若虚凭此诗"孤篇横绝、竟为大家"。读此诗，仿佛春江花月夜的美景就展现在眼前。

"诗中有画、画中有诗"，中国画和诗歌就像一对孪生姊妹。"诗性的美"是中国古代绘画的精神内核，中国古代绘画内在的意蕴美就是"诗性"的美。

在外形塑造上，中国画看起来似乎没有西方油画那么精准。古希腊就有个传说，说有两个画家比赛看谁画得好，画得更逼真，他们画好后，让人们欣赏评论。一个画家画的鲜花引来了许多蜜蜂飞来采蜜，鲜花画得像真的一样，蜜蜂都上当了。这位画家很得意，当他去揭开另一位画家盖在画上的画布时，发现画布是假的，原来画布是画出来的，画得太逼真以至于骗了人们的眼睛。从这个故事可见西方绘画有以外形逼真为绘画标准的传统。

我们中国画没有像西方油画那样追求物像外在物理的精准。大才子苏东坡早就说过"论画以形似，见与儿童临"。中国画的魅力和价值更多地在于它内在的"意蕴美"。

什么是"意蕴美"？

所谓艺术作品的"意蕴"就是艺术作品内涵而外显的一种精神、意境或意味。一般艺术作品都由内容和形式两者构成。艺术作品的内容与形式两者完美地结合在一起，使艺术作品达到理想状态，

---

[1] 唐朝诗人张若虚遗留下来的诗歌作品很少，这一首《春江花月夜》是其代表作。

从而使作品显露出更深层次的艺术意蕴，只有优秀的艺术作品才有艺术意蕴。就像著名的古希腊雕塑《断臂的维纳斯》，书圣王羲之的《兰亭序》，范宽的《溪山行旅图》那样，都是艺术作品内容和形式完美结合的典范，也都蕴含着丰厚的艺术意蕴。南朝谢赫提出"六法论"，其中以气韵生动为第一，气韵生动就是指艺术作品的艺术意蕴。用黑格尔的话来说，就是艺术作品内在而外显的生气、灵魂、情感、风骨和精神。[1]艺术意蕴存在于优秀的艺术作品中，它甚至是只可意会，难以言传的，由于内涵丰富，含蓄蕴藉，有无限的可能，令人难以穷尽。为了感受到艺术作品的意蕴，欣赏者必须深入全面地领悟作品，调动视知觉，想象和联想，在感性思维与理性思维的共同作用下，反复鉴赏。以求得所谓的"妙悟"。

艺术意蕴往往能使艺术作品有着无穷的魅力，让人回味无穷。就像王维的"行到水穷处，坐看云起时"，陶渊明的"采菊东篱下，悠然见南山"，都是言有尽而意无穷之作。《论语》记载孔子在齐听闻《韶》乐，感觉回味无穷，竟"三月不知肉味"，并由衷地赞叹道："不图为乐之至于斯也。"翻译过来，意思是"想不到音乐的美妙达到了这种境界啊"，可见艺术意蕴的魅力非同一般；同样的，还有诸如"余音绕梁，三日不绝于耳"等说法。好的艺术作品如一壶清香四溢的浓茶，总是能让人久久回味，如饮甘霖。

中国古代绘画的意蕴美是诗性的，中国古代绘画有着悠久的文人画传统。可以说，"诗性的美"是中国传统绘画的精神内核，也是中国古代绘画审美价值之所在。

在中国古代，做一位画家首先最好是诗人、文学家。西方古典油画追求物理的精准，它们的画家往往是科学家，需要懂透视、解剖、光学、色彩学等知识，就如达·芬奇；达·芬奇是文艺复兴三巨头之一，著名画家，同时也是一位科学天才，对自然科学的多个领域都有涉猎。和西方不同，中国古代绘画追求一种内在的精神表达，绘画的"气韵生动"和"传神"是首要的事情。我们的画家不仅要会画，更重要的是要具备非常高的人文素养，比如成为一名诗人。在中国诗画是相通的，所谓"诗中有画，画中有诗"之谓也。这也是"文人画"在中国古代绘画中成为一大潮流的原因。

中国古代绘画之所以追求诗性的美，追求气韵生动，就在于诗歌是近于音乐的存在，诗歌具有音乐的节奏韵律的美感。哲学是最高的学问，音乐是最高的艺术。音乐之所以是最高的艺术在于它是直击人的精神世界、人的灵魂的；诗歌类似于音乐，能很好地表达人类丰富的情感。语言文字的多重韵味，加上音乐的节奏韵律美，使得诗歌成为表现人类思想情感的一大利器。绘画如果能达到诗歌表情达意的境界，正是中国人梦寐以求的。

能够很好体现这一精神追求的是中国古代绘画中的文人画传统。文人画不同于民间和宫廷画院的绘画，是中国古代文人、士大夫的绘画，始于唐代王维。文人画内容题材上不太关注社会现实，往往借山水花鸟来抒发个人胸怀，即所谓的"士气"，他们学识修养比较高，大多是文学家、诗人，或者书法家，在绘画品评上推崇"逸品"，不追求外在的形似，讲求笔墨情趣，强调作品内在的神韵和意境，对传统中国绘画影响很大。近代美术教育家、画家陈衡恪认为文人画有四个要素："人品、学问、才情和思想。具此四者，乃能完善。"[2]文人画具有文学性、哲学性和抒情性；在传统绘画里它特有的"雅"与工匠画和院体画相区别，独树一帜。

---

[1] ［德］黑格尔：《美学》第一卷，朱光潜译，商务印书馆，1979年，第25页。
[2] 顾明远：《教育大辞典》，上海教育出版社，1998年，第153页。

文人画家任性率真，能诗善文，懂书法；文人画以平淡天真为旨趣，简洁淡雅、清新飘逸，富有诗情画意。在题材上不拘一格；在色彩上，重水墨轻艳丽；在线条上洒脱不拘，多用泼墨或大写意来抒发胸怀，以求意象外的趣味。外形写实是次要的，文人画家以空灵虚静之心，表现大自然无言之美，探究生命的存在意义。

中国古代绘画诗性的意蕴美在历朝历代的文人绘画中得到集中的体现。唐代诗人王维以诗入画，后世奉其为文人画鼻祖。宋代苏轼第一个比较全面地阐明了文人画理论，对于文人画体系形成起到了决定性的作用。苏轼倡导诗情画意的文人画风格，反对完全追求形似的画工风格，"味摩诘之诗，诗中有画。观摩诘之画，画中有诗"[1]。现留传有一幅《古木怪石图》为其所作，苏轼的绘画风格，从中可窥一斑。

《古木怪石图》 宋 苏轼（传）

在浩如烟海的中国古代绘画作品中，五代董源的《潇湘图》和元代黄公望的《富春山居图》是蕴含诗性意蕴美的上佳之作。本讲拟通过对这两幅代表作的鉴赏来帮助大家领略中国古代绘画的诗性美。

中国十大传世名画之一的《富春山居图》被誉为"画中之兰亭"，是"元四家"之首黄公望（1269—约1354）创作的纸本水墨画。此画曾几经易手，现存两段，前半卷"剩山图"由浙江省博物馆收藏；后半卷"无用师卷"由台北故宫博物院收藏。

《富春山居图》画的是浙江富春江两岸初秋山水景色。此画用墨淡雅，山水构图疏密得当，墨色浓淡干湿富于变化，将江南山水特有的秀丽风光表现得淋漓尽致。马致远在《秋思》里的"小桥流水人家"的诗词意境跃然纸上；画中山水林木间有村落、小桥、亭台，有江岸边的平沙、水面上的渔

---

[1]〔宋〕苏轼:《东坡题跋·书摩诘蓝田烟雨图》。

《富春山居图》 元 黄公望

舟、溪山深处的飞泉。展披画卷，当有宗炳所言"卧游"[1]之趣。历代对此画赞誉有加，并影响了后世许多文人画家。

《富春山居图》视点自由无拘，角度富有变化。剩山图以"长披麻皴"笔法画出江南雾气迷蒙、山水湿润的独特气候特征。开篇山峦起伏，随着山丘的起伏变化，画中的土坡、江上小舟、树木房屋、山野人家带给人一种秋天"无边落木萧萧下"的萧瑟感。

接着黄公望画笔突转，用略带皴擦的笔墨画出舒缓的土坡和平静的江面，用细笔勾勒出阔水细沙、水草、水波粼粼，山水秀丽灵动，契合唐诗里的"行到水穷处，坐看云起时"之境界。看着画，想象着沿着江边行走，走到富春江水的穷绝之处，坐下来看天边的云彩冉冉升起。绘画就这样把诗歌文学，甚至是哲学的意蕴内涵表现了出来，王国维称之为境界或意境，中国艺术所追求表现的正是以生命哲学为底蕴的如诗如画般丰富蕴藉的意境之美。

在全画的后半部分，少笔墨皴染，只有自然山水的本真状态，一片水沙，一段长长的留白，留白处两艘小船并行江中，船上渔夫也只是点景，给观者繁华落尽、苍茫萧瑟之感。有宋范仲淹《苏幕遮》"碧云天，黄叶地。秋色连波，波上寒烟翠。山映斜阳天接水。芳草无情，更在斜阳外"之境界。

《潇湘图》为五代南唐董源创作，绢本设色，现收藏于北京故宫博物院。《潇湘图》被画史视为"南派"山水的开山之作，也是中国山水画史上代表性作品之一。

《潇湘图》表现的是南方山水，平远构图，远山近水，画面有很强的空间感。远处山势平缓，由点线墨染而成，呈现出江南山水的烟雨迷蒙之景。山丘间一片密林，几家房屋，江边江水间有数人拉

---

[1]《宋书·宗炳传》："老、疾俱至，名山恐难遍睹，唯当澄怀观道，卧以游之。"

《潇湘图》 五代 董源

网捕鱼，生机盎然。中近处江上有一轻舟待靠岸，江边一行人纷纷向前迎候。

董源（934—约962）为钟陵（今江西进贤）人，熟悉南方山水，多画江南景色，得平淡天真之趣。宋米芾评价："董源平淡天真……峰峦出没，云雾显晦，不装巧趣，皆得天真。溪桥渔浦，洲渚掩映，一片江南也。"[1]沈括云："董源善画，其用笔甚草草，近视之几不类物象；远观则景物粲然，幽情远思，如睹异境。"[2]

"一片江南""如睹异境"是对董源所画江南景物的赞誉。江南美景历来为文人墨客所歌咏。南朝丘迟《与陈伯之书》中有"暮春三月，江南草长；杂花生树，群莺乱飞"名句；还有唐代白居易的《忆江南》为描绘江南的名篇。

关于江南的诗词还有很多，结合该画的内容和意蕴，似和明代谈应祥的《韶村夜泊》中"芦苇弄秋声，轻舟泊晚汀。……横渡炊烟暗，障川渔火明"句有异曲同工之妙。当然，《韶村夜泊》描绘的景物和《潇湘图》有所不同，表达的是作者悠游闲适之情。《潇湘图》不仅有平淡之景，恬适心境，还有浓厚的生活气息，一片生机内蕴其中，这是《韶村夜泊》所缺少的。

---

[1]〔宋〕米芾：《画史》序，《画史》，商务印书馆，2014年，第92页。
[2]〔宋〕沈括：《梦溪笔谈》卷十七《书画》。

第二讲　笔墨韵味
——中国古代绘画形式美鉴赏

中国古代绘画在形式表现上重笔墨韵味。在色彩和水墨上，更注重水墨的运用，讲究墨分五色。唐代诗人王维开水墨画之先河，后水墨作画成为中国古代绘画的主要表现形式。中国古代绘画之所以重水墨而轻色彩是和道家哲学思想分不开的。道家主张道法自然、法天贵真，反对非自然的矫饰，以素朴为美；中国人讲天籁之美、朴拙之美就源于此，再加上中国传统绘画更注重揭示事物的内在神韵，所以，外在形式上的奇巧，中国人是不屑于为的。基于这种宗旨，形成了中国绘画特有的美学思想，即摒弃华艳，唯取真淳，讲求返璞归真、绘事后素、大巧若拙、平淡天然等，并成为中国传统绘画的追求目标。

这样，中国传统绘画跳出绘画物质媒介的羁绊，以毛笔、墨、宣纸或绢帛等简单的工具，黑、白、灰三色概括的语言，传达出对自然生命最深切的感受，从而在世界艺术之林中独树一帜。

中国画笔墨工具虽然简单，但对笔墨的运用要求却极高。对中国绘画产生深重影响的"谢赫六法"中第二法就是强调绘画应"骨法用笔"。我国古代绘画以线条造型，因此他借用"骨法"来说明用笔的艺术性，包含着笔力、力感（与书论"善笔力者多骨"相似）。书法同样也讲究用笔用墨，所以中国书画艺术有共同的旨趣，以书入画是中国古代绘画的一大特征。历代书论、画论中对此也多有评论；如赵孟頫诗云："石如飞白木如籀，写竹还需八法通，若也有人能会此，须知书画本来同。"[1]中国古代绘画追求笔墨韵味，骨法用笔、墨分五彩、以书入画，用毛笔这样简单的工具，运用墨干湿浓淡、浑厚苍润的微妙变化，以单纯的墨彩概括绚丽的自然，表达出人类最复杂深邃的思想情感。这是多么了不起的艺术啊！

中国古代绘画中富有笔墨韵味的作品数不胜数，明代徐渭的《墨葡萄图》和清初朱耷的《荷花水鸟图》尤为出色。

徐渭（1521—1593），绍兴人，字文长，号青藤，明代著名文学家、书画家、戏曲家。中国泼墨大写意的绘画风格就是徐渭开创的。徐渭的画在吸收传统的基础上有自己的风格，他把中国绘画不求形似求神似的思想发扬光大，以其泼墨大写意的花鸟画开创了一代画风，是当时最有成就的写意画大

---

[1]〔元〕赵孟頫：《秀石疏林图（题）》。

师；加上其书法诗文方面的成就，徐渭有"明一代才人"之谓。徐渭的大写意绘画风格对清代的石涛、八大山人、扬州八怪及近现代的齐白石、吴昌硕等都产生了深远影响。

徐渭的写意水墨花鸟画，用笔用墨都不拘一格。他以书入画，将自己的书法技巧和笔法融于画中，观其泼墨写意画就像一副笔墨淋漓、气势奔放的书法作品。他的《墨葡萄图》书与画融为一体，用笔用墨不拘小节，收放自如，笔简意赅，纵横恣肆、跌宕起伏的笔法有助于绘画艺术的巧妙变化，这幅墨葡萄图，如果没有深厚的书法功力是难以画成的。该画用墨多用泼墨，很少着色，层次分明，虚实相生；墨的浓淡显示了叶的质感，水墨淋漓，生动无比，笔与墨、书与画相得益彰，给人以很强的艺术感染力。

《墨葡萄图》画上有题诗，题诗的字体结构与行距不规则，如葡萄藤蔓一样在空中自由延伸，与画面和谐地融为一体。诗云：

半生落魄已成翁，独立书斋啸晚风。
笔底明珠无处卖，闲抛闲掷野藤中。

这首诗是徐渭一生遭遇坎坷、命运多舛的写照。他将自己的悲愤和怀才不遇之感融于笔端，创造了这幅不朽之作。

朱耷（1626—约1705），明末清初画家，号八大山人等。他是明室后裔，明亡后削发为僧，后改信道教，住南昌青云谱道院。

朱耷诗书画均佳，尤以花鸟画见长。他的画笔墨简练，含蓄蕴藉，不拘成法，脱出蹊径，自成一格。花鸟大都形象怪诞，表情奇特，甚至冷酷逼人，表现出作者的孤傲性格和对社会现实的不满。

朱耷的《荷花水鸟图》画下方有块孤

《墨葡萄图》 明　徐渭

石，上方是几叶疏荷，孤石上站着一只翻着白眼的缩脖水鸟。画面给人萧瑟孤寂之感。

八大画中奇形怪状的水鸟、石头等和他特殊的人生经历有关。八大身份特殊，人生经历坎坷，有很多不满的情绪要表达，但是又不能直抒胸臆。在清朝，大兴文字狱，有人因为写了句"清风不识字，何故乱翻书"就遭遇横祸，所以他只能用奇形怪状的物象来表达情绪，画意隐晦，让人费琢磨。

朱耷绘画的笔墨特点是简和拙。正如八大自己所说"墨点无多泪点多"，朱耷水墨以简省胜，用笔自由，墨趣横溢。更为难得的是，画面能呈现出一丝古拙的味道。《老子》第四十五章："大直若屈，大巧若拙，大辩若讷。""拙"是道家追求的一种境界，中国艺术深受道家思想影响，也把"拙"作为追求目标。中国的写意画就是这种追求的体现，看似不起眼、简单的几笔涂抹就能传情达意，甚至是传神的妙笔，八大正是此道高手。所以，传统中国画外示人似简，内在实则含蓄蕴藉，别有乾坤。

看朱耷《荷花水鸟图》这一类作品，很容易让人察觉作者冷漠高傲、对社会不满的个性特征。他画中的枯枝败叶，孤影怪石，正是他精神世界的写照。之所以有这种表情达意的效果，除了所绘对象的怪诞之外，更多在于笔墨运用。他大写意的笔墨运用更适合来表现一些夸张甚至怪诞的题材形象，而他也正是试图借这些笔下变形夸张的艺术形象来表达甚或发泄内心苦闷郁郁的情绪。没有这些看似随意泼洒的笔墨，就没有我们今天看到的八大。八大写意古拙、精炼含蓄的笔法，墨点飘逸、洒脱不羁的用墨，计白当黑、虚实相生的布局对中国画笔墨形式和大写意花鸟画发展是有很大贡献的。

《荷花水鸟图》 清　朱耷

第三讲 冲和之美
——中国古代山水画鉴赏

中国山水田园诗人陶渊明的诗冲和淡远,其"采菊东篱下,悠然见南山"句传颂千古,意境悠然恬淡,引人无限遐思。正契合了中国古代山水画的审美趣味。

中国传统绘画三大题材中,山水画是最发达、最繁荣,也是影响最大的一个题材。魏晋南北朝时期,道玄思想盛行,回归自然,遁入山水,甚至成为隐士蔚然成风。宗炳的《画山水序》及王微的《叙画》以自然山水"畅神""澄怀观道"的理念对中国山水画产生和滥觞起了重要的作用。从此,山水画自魏晋南北朝始至隋唐五代日渐成熟,成为独立画科,这比西方风景绘画早了差不多一千年。

山水画有赋色和水墨之分。隋唐展子虔的青绿山水《游春图》是中国最早的山水画,宋朝有王希孟的《千里江山图》、范宽的《溪山行旅图》等;水墨之作主要代表是王维等人。山水画从风格上来

《游春图》 隋 展子虔

《溪山行旅图》 北宋 范宽

说也多种多样，有冲淡平和，亦有雄浑阳刚之作。

展子虔（约545—618），渤海（今山东阳信）人。隋代著名山水画家，他的《游春图》被画史记载为现存最早的山水画图轴；这可能只是目前发现的最早山水画，因为展子虔的《游春图》已是一幅比较成熟的山水画。此画描绘达官贵人在风和日丽的春天踏青游乐的情景。《游春图》在表现手法上采用青绿勾填技法，先勾出山石树木轮廓，再以青绿色为主的色彩填涂。展子虔的《游春图》和魏晋时期山水画相比有了很大进步，魏晋时期山水题材只是作为人物画的背景而存在。唐代张彦远在《历代名画记》中认为魏晋时期山水画还很稚拙，把人画得比山还大，水也没有生气，所谓"人大于山，水不容泛"[1]。从东晋顾恺之的《洛神赋图》来看，确实如此。展子虔的《游春图》则变为以山水为主，人物只作景物的点缀，成为独立完整的山水画。

北宋范宽的《溪山行旅图》是中国古代绘画中描绘北方山水的扛鼎之作，该画把北方山水的特点表现得淋漓尽致。南方山水多秀丽，北方山水多雄伟。《溪山行旅图》采用全景式构图，境界开阔，笔力雄健，墨韵浓厚，气势雄伟，气韵悠远，是表现北方山水的极品之作，其画风对后世

---

[1]《历代名画记》卷一《论画山水树石》："魏晋以降，名迹在人间者，皆见之矣。其画山水，则群峰之势，若钿饰犀栉。或水不容泛，或人大于山。"

影响极大。范宽《溪山行旅图》之所以能够彪炳史册，成为北宋时期表现北方山水的代表性作品，对后来者产生了深刻的影响和启迪，主要得益于作者真切地表现出了北方山水的境界和神韵。大山大水的全景构图适合表现北方山水雄浑的意境。再加上对山石树木真实细致的刻画，笔墨皴法的灵活运用，才营造出气势挺拔、意境雄浑的整体效果，冲击着观者的心灵，使人感叹大自然的鬼斧神工。

　　王希孟（1096—？），北宋画院学生，受宋徽宗赵佶亲自指点，才华横溢，画艺早熟。《千里江山图》是王希孟呕心沥血之作，完成该画时年仅18岁，此画完成后不久作者便去世了。《千里江山图》全长将近12米，差不多用了一匹整绢，才创作出这幅青绿山水画长卷，画面景色壮阔，江山无限，水天浩瀚，气魄宏大，构图严谨，刻画精细，色彩绚丽，展示了中国山水画的风貌。画家在布局上独具匠心，充分体现出中国画在处理此类题材上的优势，使之"咫尺有千里之趣"。中国古代山水画的构图不是出于对景写生，而是一种诗意的想象。

　　《千里江山图》既能把握住山水景物的整体起伏变化大势，同时对各个局部的刻画又细致入微，画面着色富丽，但不浮艳，既有皇家院体画的富丽堂皇，又能做到和谐统一。这幅作品被后世广为赞誉。

《千里江山图》　宋　王希孟

中国传统山水画从风格上来说有雄浑阳刚和冲淡平和之作，审美风格多样。但在众多的审美风格中对冲淡平和风格更情有独钟。简而言之，中国古代山水画往往以冲和之美为旨归。

中国艺术受道儒思想影响，孔子的儒家思想和老庄的道家思想一直是中国传统文艺思想的两条主脉。冲和之美忌华丽而取朴实，正与道家重素朴自然的思想相契合，而冲和之美在创作基调上的中正平和，更是深得儒家思想之要。所以，中国传统山水画追求冲和之美正是中国传统儒道思想的必然产物。

冲和之美在中国诗歌里也有极大影响，陶渊明、王维等诗人的山水田园诗意境冲淡，倍受推崇。

《鹿 柴》

唐·王维

空山不见人，但闻人语响。
返景入深林，复照青苔上。

王维和陶渊明的诗歌，语言平淡，但朴素平易的语言表达出来的思想情感却丰富蕴藉，塑造出来的艺术形象则生动鲜明。梁实秋云："绚烂之极归于平淡，……那平淡乃是不露斧凿之痕的一种艺术韵味。"[1]苏轼曰："'采菊东篱下，悠然见南山。'……大率才高意远，则所寓得奇妙，造语精到之至，遂能如此，似大匠运斤，视斧凿之痕。"[2]体现了一种"看似寻常最奇崛，成如容易却艰辛"[3]的巧妙构思。

冲和之美是一种韵味淡远、平淡自然的审美意境，是老庄思想在艺术上的体现。冲和之美从老子开始得到古代文学家、书画家的大力推崇，陶渊明"采菊东篱下，悠然见南山"之句体现出一种恬淡闲适、悠然自得的诗歌审美境界；宋代苏轼也极为推崇"淡味"，提出"发纤秾于简古，寄至味于淡泊"[4]的创作主张。

中国诗画艺术相通，审美追求也一致。中唐的皎然在论到诗体时把能体现冲和之美的作品称为"逸"，到宋初，黄休复在《益州名画录》中把"逸格"提到"神""妙""能"诸格之上，认为画中"逸格"最高。

中国山水画到元代趋向写意，元四家中的倪瓒山水画可以称为体现冲和之美的典范。现藏于上海博物馆的《渔庄秋霁图》，是元代画家倪瓒创作的纸本水墨画，该幅作品可谓倪瓒代表作之一，能较好地把中国古代山水绘画的冲和之美展现出来。

倪瓒（1301—1374）主张作品要表现画家的"胸中逸气"，强调主观意兴的抒发，反对刻意求工。倪瓒在《答张仲藻书》云："仆之所谓画者，不过逸笔草草，不求形似，聊以自娱耳！""余之竹聊以写胸中之逸气耳！"[5]

《渔庄秋霁图》是代表倪瓒山水画典型风格的作品。《渔庄秋霁图》作画时间约为至正十五年

---

[1] 梁实秋：《作文的三个阶段》，《梁实秋杂文集》，中国社会出版社，2004年。
[2] 〔宋〕苏轼：《与苏辙书》，北京大学、北京师范大学中文系、北京大学文学史教研室编：《陶渊明研究资料汇编》（上册），中华书局，1962年，第35页。
[3] 〔宋〕王安石：《题张司业诗》，《王安石集》，凤凰出版社，2014年，第145页。
[4] 〔宋〕苏轼：《书〈黄子思诗集〉后》。
[5] 〔元〕倪瓒：《为以中画疏竹图》题跋。

（1355）秋，当时倪瓒寄居在友人王与浦渔庄，兴之所至，作了这幅画。画面构图和倪瓒其他画作一样采用三段式布局；一般分近景、中景和远景，中景往往是一片水面，把近景和远景隔开。此画近景一处土坡上长着五六株杂树，如文士君子般傲然卓立、高洁清旷。中景湖水淡荡，空明澄净。远处几层矮坡，起伏有致，淡墨轻岚。所用笔墨线条简洁明了，没有技法的炫耀，没有一丝人迹，没有一声鸟语，画出一种淡淡的寂寞。画面寂如枯禅，意境荒疏简远，冲淡平和得几乎没有一丝烟火气。

倪瓒山水，冲和淡远，有如诗中之陶潜。宁静平和、空旷萧瑟的画面常激起人们对宇宙人生的无限遐想。

倪瓒山水是冲和之作的典型代表，除他之外，历朝历代，这种风格追求的画作很多，如清石涛的《淮扬洁秋图》。

石涛（1642—1708），明末清初四僧之一，擅长山水，石涛的山水画多师元人，特别对倪瓒用心颇多。石涛学古人但不泥古，他以自然为师，主张画山水者应"脱胎于山川"，"搜尽奇峰打草稿"，"笔墨当随时代"[1]。《淮扬洁秋图》融会了倪云林的骨格，有一种清丽幽雅、静谧淡远的韵味。

此画近景处河岸边房屋数家，房屋掩映在杂树与河岸芦苇之间；近景河岸及丛树以水墨点画，垂柳

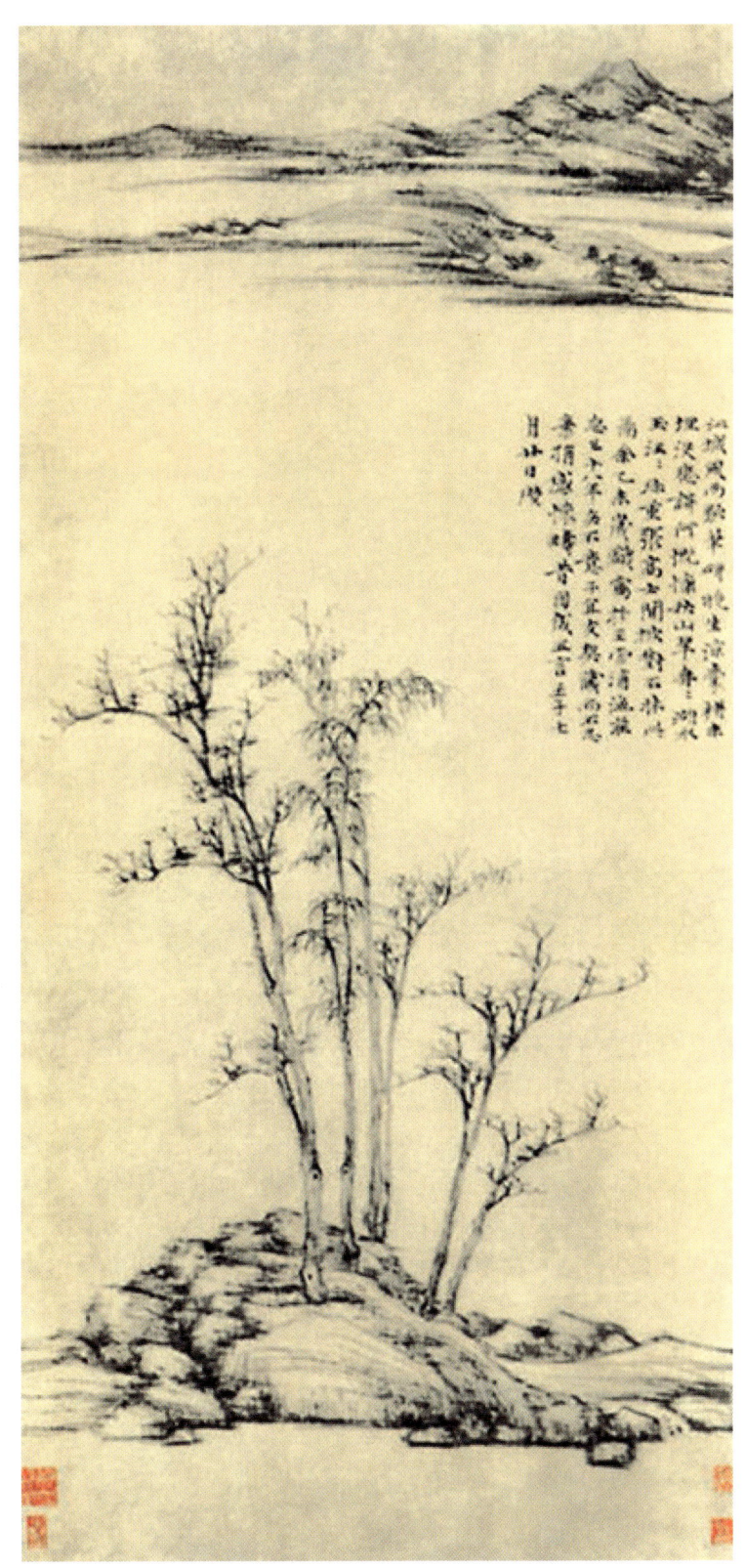

《渔庄秋霁图》 元 倪瓒

---

[1]《博雅经典：苦瓜和尚画语录》，中州古籍出版社，2013年，第155页。

《淮扬洁秋图》 清 石涛

与河岸边苇草用白描画法。田地与土坡以"拖泥带水皴"画出；垂柳和土坡上又有赭石作点，明净雅洁。下方虚画，云雾迷漫。远处淡墨渲染，景物旷远，终至渺不可见。整个画面清旷悠远，引人遐思。画面的上部题跋叙述了古扬州的变迁，并抒发了作者的感慨，增加了画面的气氛，引人联想。此图充分体现了石涛以自然为师，不摹古泥古的艺术主张；石涛学古人，学的是古人的神韵风骨、技法等。他的画真实地描摹了江南风物，布局新颖，灵活运用了各种笔势，淋漓尽致地描绘出自然山水的真实风貌，这在仿古成风的清初画坛实为难能可贵。

第四讲　闲情逸致
——中国古代花鸟画鉴赏

仆之所谓画者，不过逸笔草草，不求形似，聊以自娱耳。

——〔元〕倪瓒《答张藻仲书》[1]

中国古代绘画和其他艺术形式一样，很多时候是文人士大夫们在闲暇时自娱自乐的产物。艺术创作当然会有功利性的目的，但大多数时候都是表达闲情逸致，以及抒发情怀的一种娱乐方式。兴趣爱好往往大过功利性的目的，中国古代花鸟画尤其如此。

花鸟画是按绘画题材来划分的，顾名思义，花鸟画的描绘题材对象是花鸟等动植物。根据表现手法的不同，花鸟画可以分为三种类型——工笔花鸟、写意花鸟和介于两者之间的兼工带写的花鸟画。

工笔花鸟画，是先用墨线工整细致地勾勒描绘对象的轮廓，力求准确地表现物像，再依据描绘对象来分别着色，这有点像书法中的正楷。写意花鸟画不求物像外在的物理真实，追求的是表情达意，这类绘画对笔墨要求很高，用笔用墨都要满足创作者表达思想情感的需要，所以，往往写意画艺术价值可能会更高。兼工带写类型花鸟画介于工笔与写意两者之间，具备两者的优点，但同时，表现性会稍逊于写意类型的绘画。

五代有两位了不起的花鸟画家，一位是皇家宫廷画师黄筌，由于黄筌是宫廷画师，代表的是皇家贵族的审美趣味，所以他的花鸟画描绘对象大多是宫苑奇花怪石、珍禽瑞鸟，而且用色富丽，勾勒精细，几乎看不到墨痕。北宋大科学家沈括曾评价黄筌及其后代所绘花鸟道"诸黄画花，妙在赋色"[2]，可见黄筌花鸟画胜在赋色。由于黄筌花鸟适合宫廷贵族趣味，有富贵之气，所以受皇家喜爱的黄筌花鸟画有"黄家富贵"之称。

黄筌（约903—965），五代后蜀画家，今四川成都人。《写生珍禽图》是课徒用的写生稿本，画上有"付子居宝习"字样，作者作这幅画的目的是让后代学习绘画，临摹习作使用。是故此画描摹对象非常精工严谨，画上虫鸟描绘准确，墨线只用来勾勒轮廓，以赋色为主。从这件作品可以了解到黄筌

---

[1]〔元〕倪瓒：《清闷阁集》卷十。
[2]〔宋〕沈括：《梦溪笔谈·书画》，中华书局，2016年。

《写生珍禽图》 五代 黄筌

《豆花蜻蜓图》 五代 徐熙

一派绘画重形似，重色彩，重写生，这和传统中国画重临摹和写意表现有所不同。

五代时另一位花鸟画大家是徐熙（？—975），徐熙是南方人，虽为名门世家子弟，但毕竟和黄筌不同，徐熙不是宫廷画师，他绘画会相对自由一些，不用去迎合皇家宫廷的审美趣味。徐熙的花鸟画描绘对象与黄筌不同，不是珍禽异兽，也没有宫廷的奇花异草，他描绘的是身边的花木禽鸟，蝉蝶草虫，连园圃中的蔬菜瓜果之类的都是表现对象。所以，徐熙的花鸟画清新淡雅，朴素自然，生活气息浓厚。表现手法也和黄筌不同，黄筌用淡墨，重赋色，甚至墨不可见，徐熙重墨笔勾勒，淡施色彩，表现性强，因其描绘对象和表现手法的特点，故人称"徐熙野逸"。黄筌及徐熙后人也多子承父业，为当时花鸟画名家。

《豆花蜻蜓图》是徐熙派风格的作品，约北宋初年时作。《宣和画谱》（卷十七）云："今之画花鸟者，往往以色晕淡而成，独熙落墨以写其枝叶蕊萼，然后敷色，故骨气风神，为古今之绝笔。"[1]《豆花蜻蜓图》为写生妙笔，把蜻蜓、豆花这样富有生活气息的对象描绘得惟妙惟肖，在一面画幅狭小的纨扇上，画出大自然的美景和生机，不得不赞叹作者对生活观察的细致。从黄筌的《写生珍禽图》和徐熙的《豆花蜻蜓图》来看，五代和北宋初期时，花鸟画是倾向于写生和表现真实自然生活的。

宋代院体画发达，皇家画院出现了一大批宫廷画师，为后人留下了很多花鸟画珍品。同时花鸟画题材范围扩大，出现了"四君子"题材。以水墨来表现梅、竹、菊、松、兰，不求形似，把人的崇高贞洁、虚心向上、坚韧不拔等精神品质寄寓其上，这为花鸟画注入了新的精神内涵。以苏轼、文同为代表的湖州竹派把文人情怀寄托在墨竹之中，为花鸟画注入了清新之气象。

黄筌的绘画风格在宋初宫廷中还具有统治性地位。崔白（1004—1088）虽为画院

《双喜图》 宋 崔白

---

[1] 岳仁译注：《宣和画谱》，湖南美术出版社，1999年，第116页。

画师，但他的花鸟画生动自然，有徐熙的野趣。崔白的花鸟画影响改变了工致富丽的黄筌一派花鸟画对宫廷绘画的垄断局面，宫廷绘画题材范围扩大，表现手法多样，不再全是黄筌一派风格题材的绘画。崔白对自然观察细致，善于挖掘生活中富有生趣的题材和主题。真实生动，反映自然生活是崔白花鸟画最富价值的方面。《双喜图》所绘内容具有一定的叙事性，秋风、树木、双鹊、野兔、残枝败草这些描绘对象大大不同于黄筌一派花鸟，表现手法灵活生动，虽没有富贵气象，但生活气息浓了，也更自然真实了。

宋徽宗赵佶（1082—1135）在书画艺术上均有极高造诣。他的《芙蓉锦鸡图》赋色富丽，画面有皇家的雍容富贵气派。此画画了一只五彩斑斓的锦鸡站在木芙蓉枝条上，锦鸡具有象征意义，根据画上赵佶题诗："秋劲拒霜盛，峨冠锦羽鸡，已知全五德，安逸胜凫鹥。"可知色彩斑斓的锦鸡成了儒家伦理品德的象征。锦鸡象征人的品德，也有可能是作者的自喻。美丽耐寒的木芙蓉在秋菊、蝴蝶的衬托下更显真实生动。这幅画虽然有明显的说教，主题思想过于明确突出，没有中国艺术追求的含蓄美，但是，描绘精准、富丽精工、布局合理的优点是明显的。身为帝王的赵佶创作这样的作品，和他的身份是十分吻合的。

《芙蓉锦鸡图》　宋　赵佶

宋朝除了院体画之外，文人画也很突出，具有代表性的是苏轼、文同的"湖州竹派"。文同（1018—1079），字与可，梓州永泰（今属四川）人，后中进士，入仕为官。文同擅画竹，他画的竹生动传神，富有动感，仿佛是在迎风而动。他的《墨竹图》以"浓墨为面，淡墨为背"，借用书法行书的用笔，以书入画，画出竹子摇曳多姿的情态。此图中一枝繁茂多枝的墨竹向下斜出，以淡墨渲写，疏密有致，生机勃勃。后人因文同所绘竹木怪石有个性，别具风味，后人号之为"文湖州竹"。

元代花鸟画受宋代文同、苏轼的影响，出现了一批专门画水墨梅竹的画家，他们以王冕、柯九思、吴镇等为代表，表现文人的"士气"。

王冕（1287—1359），浙江诸暨人。幼时便有绘画天赋，博学有才，但因时运不济，始终未能博

《墨竹图》 宋 文同

得功名，因而隐居山间乡里，存世代表作有《墨梅图》。该画用墨较重，画得非常繁密，枝条参差，密蕊交叠，虽然纯用笔墨，画面却显得繁而不乱，干湿浓淡不一的用墨使墨梅有一定的空间层次感。梅属于四君子题材，作者借此表达志向和气节。

明清花鸟画都很繁盛，明代有大写意花鸟的徐渭、明四家、吕纪等。清代重要的花鸟画家有石涛、恽寿平、朱耷和扬州八怪等。恽寿平的没骨花卉表现手法独特，八大的花鸟最具个性，艺术价值高，对后世影响也大。

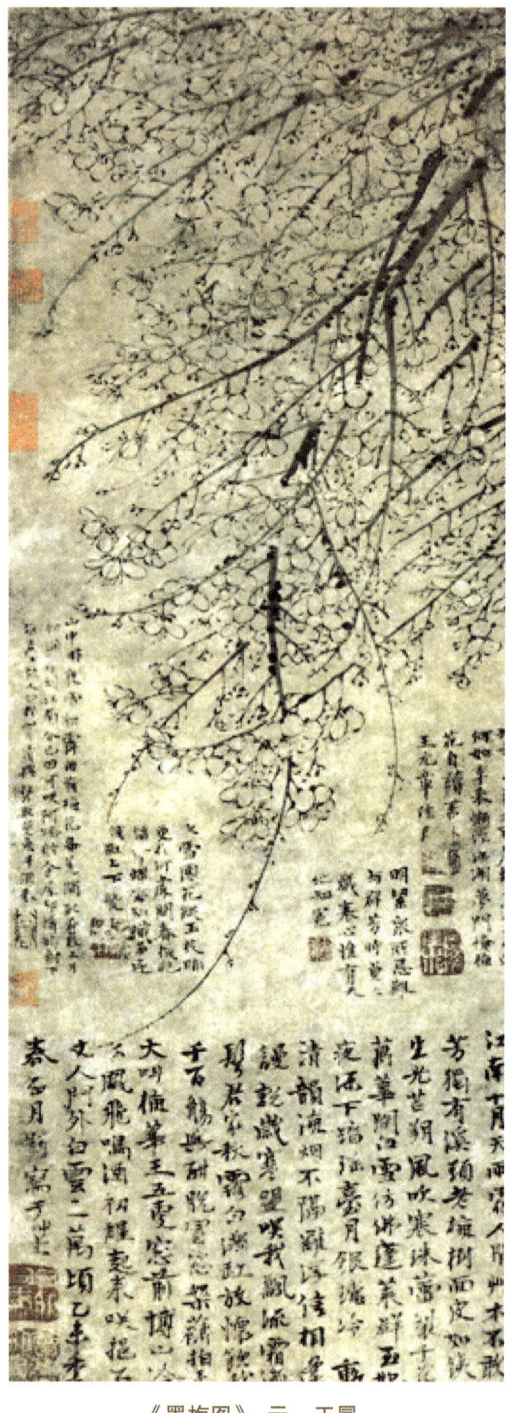

《墨梅图》 元 王冕

《枇杷图》 明 沈周

沈周（1427—1509）是明四家之一，擅长画山水、花鸟等多个题材，他的花鸟画有设色，有水墨，也有兼而有之者。表现手法或写意，或工致，灵活多样。《枇杷图》用墨淡雅，布局合宜，表达闲暇时的闲情逸致。沈周之后，受其影响，陈淳和徐渭把泼墨写意画推向了高峰，八大和"扬州八怪"们继承并发扬光大了写意花鸟画，所以沈周对于写意花鸟画的发展功不可没。

吕纪（1429—1505）是宫廷画师，明代的宫廷花鸟已经和黄筌时不同，五代及北宋花鸟经崔白之变革，拓宽了宫廷花鸟绘画的表现范围和手段，绘画的叙事性、生活化日益显现，吕纪承继了前代花鸟画的传统，水墨淡彩和工笔重色均佳。作为院体画的代表，身为宫廷画师的吕纪不能不迎合皇家的审美趣味，所以，水墨淡彩往往会被工笔重色所取代，富丽精工的画风是皇家的特色，凤凰、孔雀、仙鹤等珍禽异兽是描绘对象，难得的是，《残荷鹰鹭图》描绘了荷塘、枫叶、鸷鹰、白鹭、芦苇、残荷，并以叙事性的构图来营造气氛，画有几分野趣，为宫廷绘画中不可多得的佳作。

徐渭写意花鸟最能表现出中国绘画媒介的特点。中国书画的笔墨理论经谢赫六法和荆浩笔法论的阐述，历众多书画家们的实践

《残荷鹰鹭图》 明 吕纪

已成熟并理论化。"骨法用笔""笔力""墨分五色"等说被中国书画家们所接受并践行。徐渭之贡献在于把泼墨写意画推向了一个高峰，他的大写意花鸟代表了明代花鸟绘画的最高水准，并且对后世产生了深远影响；朱耷、扬州八怪、齐白石等人都受其影响。中国传统绘画的表现性、诗性本质、笔墨韵味等，在徐渭的花鸟画里得到真正的实现和释放。有人说，徐渭是中国的凡·高，是不无道理的，他们的作品都有极强的表现性和个性，徐渭把中国水墨绘画的笔墨功夫发挥得淋漓尽致！《黄甲图》就是一例。谁能想得到，一些墨汁，一张宣纸，几支毛笔就能把螃蟹等秋景表现得这么潇洒写意，实在令人惊叹！齐白石的那些螃蟹和虾，花草虫鱼等肯定从中得到启发，齐白石的螃蟹和这《黄甲图》中的有几分神似，笔墨运用也有异曲同工之妙。

恽寿平（1633—1690）是明末清初人，他一生经历可谓传奇。明朝末年，恽寿平因战乱和父兄失散，后入狱。本来已经到了山穷水尽的地步，不料峰回路转，否极泰来。他在狱中设计的首饰被闽浙总督夫

《黄甲图》 明 徐渭 　　　　　《锦石秋花图》 清 恽寿平

人看中，遂召其见面。总督夫人见恽寿平一表人才，便生了惜才之心，收留他做了干儿子。一下子从狱中犯人成为总督公子，身份地位可谓天壤之别！恽寿平并没有被富贵地位所惑。后一次偶然的机会见到了出家为僧、失散多年的父亲，为了父子相聚，恽寿平放弃了荣华富贵的生活，跟随生父回到故乡常州，以卖画为生。

恽寿平的花鸟画有其独特画法，一般画花鸟先以墨线造型，再赋色。恽寿平的花鸟画法不同，他以色彩造型，且造型准确，不用墨线，这种画法叫"没骨法"，创作的作品称"没骨画"。恽寿平的"没骨画"最为难得的是，虽设色艳丽，但有清丽古雅之意，艳而不俗，清丽风雅，洒脱不羁，描绘自然对象既形似，工整细致，又神似，有生趣。画品如人品，只有恽寿平这样不同凡俗的人品气质才能将艳丽的花鸟表现得如此清丽脱俗，从《锦石秋花图》一画可窥一斑。

赵之谦（1829—1884），会稽（今浙江绍兴）人。幼年时十分聪慧，稍长又钻研金石篆刻，曾在杭州、上海等地卖字画谋生，21岁得中秀才，此后中举，官至知县。擅篆刻、书画，花卉继承陈淳、"扬州八怪"的写意传统，并融合金石篆刻，形成自己独特的风格。赵之谦是近代著名画家，是"海派"的一位花卉高手。《四时果实图》笔墨敦厚，用笔遒劲，色彩变化中透露出素雅的格调，由于他将书法金石篆刻等功夫用于绘画，致其所绘花卉气势宏大浑厚，颇有金石味。

《四时果实图》（一、二）　清　赵之谦

第五讲　传神写照
——中国古代人物画鉴赏

顾长康画人，或数年不点目精（睛）。人问其故，顾曰："四体妍蚩，本无关于妙处，传神写照，正在阿堵中。"

——〔南朝·宋〕刘义庆《世说新语·巧艺》[1]

《人物龙凤图》　战国　帛画

人物画是中国画中的一大画科，从目前资料来看，人物画的出现早于山水、花鸟画。战国楚墓出土的《人物龙凤图》和《人物御龙图》帛画是已知最早的独幅人物画作品。到了汉代，人物画发展已算基本成熟了。人物画按类型来分，大致可分为道释画、仕女画、风俗画、历史故事画、肖像画等。中国古代人物画以人物个性刻画逼真传神、气韵生动为要旨，同时强调形神兼备。

《人物龙凤图》1949年出土于湖南长沙的战国楚墓中。湖南地处楚地，春秋战国时期的楚国是一个大国，楚庄王曾称霸一时。楚国孕育出了屈原这样的浪漫诗人。和黄河流域、中原地区不同，楚文化地处长江流域，它像屈原的诗歌一样多浪漫的想象。这幅帛画就充满了想象力，画中的人物、龙凤等场景犹如奇幻。帛画是指古代绘在丝织物上的图画，在纸张没有发明使用之前，名贵的丝织品也被用来作画。当然，这种作画方式只有贵族或者皇室才可以。《人物龙凤图》和

---

[1] 余嘉锡：《世说新语笺疏》，中华书局，2007年。

1973年同样在长沙发现的《人物御龙图》很相似。这两幅画在主题、创作风格、绘画表现手法等多方面都很接近，同为中国目前已发现的最早的人物画。

这两幅画都放置在墓主人棺椁上，画中人物可能就是墓室主人。画的主题是引导亡者灵魂升天，俗称"引魂升天"。在中国古代，人们相信人死后还有灵魂。灵魂不灭的思想和古埃及很相似。古埃及人也相信人死之后还有灵魂，只要尸体保存好，不腐烂，那么灵魂就可以得到永生。所以，埃及人发明了制作木乃伊的技术，用于保存亡者的遗体。建造了坚固的金字塔，作为法老的陵墓。有意思的是，在长沙马王堆汉墓里也出土了一具木乃伊女尸。这具千年女尸居然肉身仍在，在出土时曾轰动一时。这些事实说明，地隔千万里的中国楚地和非洲尼罗河的古埃及，在文化上竟有很多相似的地方。即使从屈原的楚

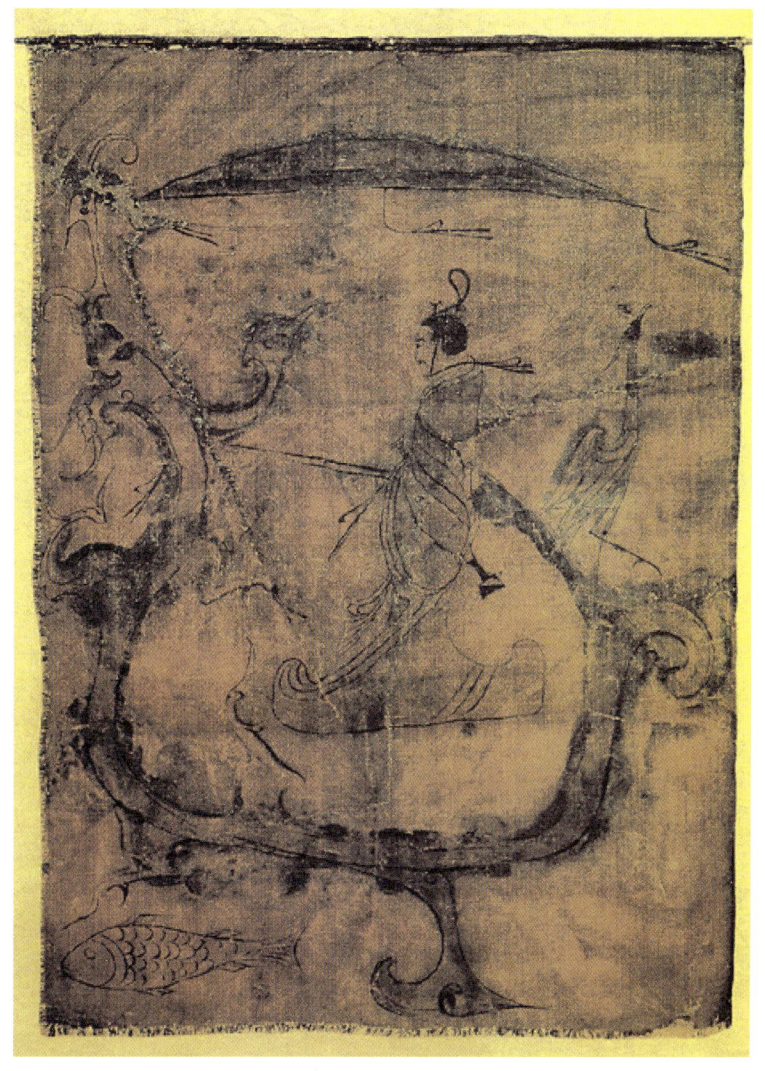

《人物御龙图》 战国 帛画

辞中我们也可以了解到楚国当时巫术盛行，巫术文化很发达。在三大宗教诞生之前，仍有原始的宗教，人们的神灵观念始终是存在的，万物有灵的观念也曾长期留存于古人的思想中，今天散布于长江流域的巫傩文化就是一例。由此可见，人死灵魂不灭的思想在古代世界各地都一定程度上在一定范围内存在。祈祷死后灵魂能永生，或升入所谓的天堂乐土是人们的一种美好愿望。"引魂升天"的主题就是在这样的背景下产生的。

如果我们把中国古代楚墓中的帛画（以《人物龙凤图》和《人物御龙图》为例）和古埃及墓室壁画（以《三个女乐师》为例）做个对比的话，会发现两者在绘画内容主题、表现技法，甚至绘画程式上都有很多相似之处。

《人物龙凤图》中的女子和《人物御龙图》中的男子都是正侧面的形象，这和《三个女乐师》中古埃及绘画程式是一致的。不过，两者也稍有不同。古埃及绘画中正侧面的人物眼睛是正面的，也就是说，古埃及人画人物，即使是侧面人物，人的眼睛也要完整地画出来。所以，看古埃及的人物画会觉得很怪，因为它不协调。侧面的身子和脸，正面的眼睛，两者出现在同一个人物形象上，也只有古埃及人才会这么画人物。中国古代人物画，即使是最早的这两幅人物画，也没有这种现象。英国著名

《三个女乐师》 古埃及 墓室壁画

《池塘》 古埃及 墓室壁画

艺术评论家贡布里希在他的著作《艺术的故事》一书中曾做了比较详细的阐述。他以一幅古埃及的壁画《池塘》（约公元前1400年）为例，这幅壁画画的是一个花园里的池塘。一般而言，池塘里的鱼我们是看不见的，古埃及人却把池塘里的鱼全都画出来了，这和儿童画类似。所以，贡布里希得出一个结论，古埃及人画的是他们所知道的，而不是看见的事物。这说明，古埃及绘画还处在人类的幼稚阶段，比较稚拙。我们中国古代最早的人物画比起古埃及人物画来要成熟许多，人物塑造也更生动。虽然两者都是以线造型为主，画面平面化，缺乏深度和空间感。中国古代最早的两幅人物画已具备了早期中国画的特征；或者说，奠定了中国画的基础。

从中国古代早期人物画和古埃及人物画的对比来看，鉴赏艺术，可以看出艺术背后的文化来。

东晋时期，画家顾恺之把"传神"作为评画的第一标准。"传神写照"是人物画要义。而如何才能传神呢？顾恺之在《论画》中提出："凡画，人最难，次山水，次狗马，台榭一定器耳，难成而易好，不待迁想妙得也。""迁想妙得"揭示了艺术思维的特点。艺术思维和科学的理性思维不同，它是感性的、发散式的思维，是充满想象力的思维。画家在创作时，要充分发挥艺术思维的特点，展开想象和联想，并把自己主观的思想情感融入所塑造的艺术形象之中。"迁想"方能"妙得"，只有这样才能创造出传神的艺术形象。同样道理，离开了客观物像也不行，必须是主观创造和客观真实的和谐统一才能塑造出生动传神的艺术形象。

《洛神赋图》为宋代摹本，保留着魏晋六朝的画风，最接近原作。此画是以魏国诗人曹植的名篇《洛神赋》为蓝本创作的。该画创作的成功离不开"迁想妙得"。艺术的想象力是人类伟大的天赋，艺术家必须具备丰富的想象力。曹植与洛神的爱情究竟如何只能依赖想象；艺术本来很多就是虚构的，曹植也只是借洛水女神来表达对心中理想的追求与向往。顾恺之将之付诸图画，美丽的洛水女神、动人的爱情故事跃然纸上。叙事性的构图，诗意的氛围，朦胧凄美的意境，让人犹如身临其境，回味无穷。

此长卷采用类似今天连环画的形式，随着环境的变化让曹植和洛神重复出现。顾恺之用高古游丝描来刻画人物，使人物形象衣带飘飘，富有动感，原赋中"翩若惊鸿，婉若游龙"的洛水女神形象得于呈现。此画用色凝重古朴，具有工笔重彩画的特点。值得一提的是，这幅作品中已经出现了许多山水风景，虽然大多只是作为人物的衬托，山水树石均用线勾勒，无皴擦，和人物比例大小不协调，画面缺乏深度感，说明此时山水画还处于萌芽早期。"人大于山，水不容泛"的评价诚不我欺也。

中国古代人物画常把人物的塑造寓于环境、气氛的渲染之中。人物的神态、眼神等详细刻画，衣冠描绘次之。环境氛围可以烘托人物情态，同时能辅助叙事。像《洛神赋图》这样叙事抒情类的作品多采取横幅或长卷构图，用景物将空间分隔，使主体人物重复出现，从而突破时空的局限。

人物画和山水花鸟一样注重笔墨技巧，为此创造了"十八描"[1]。由于用笔墨和技法的不同，人物画有工笔设色、白描和写意等多种形式。人物画笔墨运用一方面服从于艺术形象的客观真实，另一方面更重要的是传达出作者的主观感情，甚至于体现出作者的个人创作风格。写意人物画是最难把握的，这有点像书法的草书。两者都要用笔墨表现出人丰富的思想情感和艺术个性风格，思想情感的表现要准确、生动传神，还要有个性，何其难也！有时候真的是可遇不可求的事。所以，要画好人物画或许比画好山水、花鸟画更难。

---

[1]"十八描"是中国古代人物画的技法，包括人物及衣服褶纹的各种描法等。

《洛神赋图》（局部） 东晋 顾恺之（宋人摹本）

魏晋时期的顾恺之有《洛神赋图》和画论等流传于世，这些作品及画论奠定了中国人物画的重要传统。盛唐时期吴道子则把人物宗教画推进到新的高度，唐代还有张萱、周昉的仕女图。五代两宋是中国人物画深入发展的时期，五代有南唐顾闳中的《韩熙载夜宴图》，宋代宫廷画院的兴办使工笔重色人物画更趋精美。随着文人画的发展，出现了李公麟的白描人物画，发展了人物画的新形式。宋代城乡经济的发展，孕育出了张择端的杰作《清明上河图》。南宋受禅宗思想影响，产生了梁楷泼墨与简笔的写意人物画，成为中国古代人物画重要的组成部分。南宋李唐的《采薇图》也是这一时期重要的人物画作品。之后，明末的陈洪绶、清末的任颐都创作了不少优秀人物画作品。

张萱，生卒年不详，京兆（今陕西西安）人，唐开元年间宫廷画师，工画人物，擅画仕女图。张萱真迹目前无存，这幅《捣练图》据传为宋徽宗所临摹。此画描绘宫中妇女捣练的情景，反映出唐朝宫廷女子生活的一个侧面，人物的面貌衣着都显示出盛唐之风韵。画卷由右至左展开：第一组画四个宫中女子用木杵捣练；第二组画面有两个宫中女子同一人坐在地毯上缝纫；第三组描绘数人把白练抽直，用熨斗熨平。三组人物有高有低，有站有坐，形成呼应，构图错落有致。画家通过人物的神情动作和一些细节描写，生动地表现出人物的心理和性格特征。画中人物都刻画得惟妙惟肖，作品富有生活情趣。

《捣练图》 唐　张萱

《调琴啜茗图》 唐　周昉

周昉，字景玄，生卒年不详，京兆（今陕西西安）人；出身贵族家庭，官至宣州长史；工仕女，和张萱一样，也擅仕女画。另外他创作的佛教形象"水月观音"成为长期流行的标准，人称"周家样"。《调琴啜茗图》（绢本设色，纵28厘米，横75.3厘米，美国纳尔逊·艾金斯艺术博物馆藏）画数名宫中贵妇，或调琴，或啜茗，或听琴声。两侧侍者手端茶杯、茶托侍立。人物神态娴静端庄，画面富有叙事性。

顾闳中，生卒年不详，南唐画院待诏，善画人物，尤长于刻画人物神情意态。《韩熙载夜宴图》所画的主人公韩熙载是南唐大臣，南唐后主李煜对其多猜疑，为避免遭遇不测，韩熙载便假借沉湎声色来迷惑对方。后主李煜指派顾闳中窥探韩熙载动向。那个年代没有照相技术，顾闳中目识心记，把

《韩熙载夜宴图》（局部） 五代 顾闳中

韩熙载家中夜宴实情绘于长卷上呈。这相当于画家做了情报员的工作。全画分五段：第一段"听乐"；第二段"观舞"；第三段"歇息"；第四段"清吹"；第五段"散宴"。这幅画成功之处在于准确地刻画出了人物复杂的内心世界。或许人物比例和空间场景的处理没有西方绘画那么精准，但是人物的传神写照真的做到了。人物的表情、神态、动作都是重点刻画的对象，特别是主要人物韩熙载，出现在好几个夜宴场景中，尽管身处欢乐场，却始终显出心事重重、郁郁寡欢之态。画面人物众多，表现主题场景变换多样，作者利用屏风把每个场景片段巧妙隔开，显得很自然。这幅画叙事性很强，对人物刻画到位，抒发情感含蓄，表现手法线条工整精细，色彩丰富不艳俗，是大型人物画中的杰作。

李公麟（1049—1106），注重写生，造型准确，擅长"白描"，即用线条描摹造型，而不设色。所绘鞍马、人物及历史故事画神态生动，运笔如行云流水，对后世人物画影响很大。《五马图》画名为五马，实为五马五人，可属人物鞍马图之列。该画共绘有西域进献给宋朝皇帝的五匹名马和五名牵马人。马名、尺寸、产地及卷后赞誉李公麟品德的跋语均由黄庭坚撰写。此画中的马及牵马人，均是画家根据真实对象写生创作的。马和牵马人都以线造型，稍施淡墨，比例准确，充分显示了李公麟白描线条塑形的能力。

《五马图》 宋　李公麟

北宋人物风俗画最有名的要数张择端的《清明上河图》了。

《清明上河图》（局部） 宋 张择端

张择端（1085—1145），北宋画家，徽宗时供职翰林图画院。这幅风俗画长卷，描写北宋都城汴梁（今开封）的繁华景象，篇幅浩大，所绘人物车马、街道房屋极为丰富。全画首段画赶集的乡人和驮运的骡马向城里行进；中段画汴河，可看到逆水行船的艄公和岸上艰难前行的纤夫。该段内容高潮部分是一艘船将要穿过拱桥桥洞的热闹场面，船顶上的船夫急忙放下桅杆，船上的人使劲撑篙或用长杆抵住桥洞顶，桥上和邻船上挤满了人，都望向这艘将要通过桥洞的船；末段画市区繁荣街景，这里酒楼店铺杂陈，车马行人众多，士农工商、三教九流、男女老少等神情姿态各异，表现出当时的社会风貌。

梁楷（1150—？）在院体画风行的宋朝能把人物写意画发展起来，实在是难能可贵。一般中国水墨写意画大多题材是山水或花鸟，用写意笔法来创造人物形象是梁楷的创造。宋院体画要求造型准确而富有诗意。梁楷在这种氛围中创造出用笔极简、洗练放逸的减笔画。梁楷的减笔画具有开创性意义，对元明清写意人物画影响很大。减笔画笔墨精练到极限，寥寥数笔就能使人物活灵活现，这让人觉得很神奇；

《泼墨仙人图》 宋　梁楷

这种技法看似简单，其实需要很高的笔墨功力和艺术文化素养。《泼墨仙人图》以泼墨手法画一醉态仙人，用笔极简练，用墨涂抹，像变戏法一样，顷刻之间一个醉意熏熏、憨态可掬、步履蹒跚的仙人形象就跃然纸上，中国画笔墨的表现力在这幅作品上得到充分体现！梁楷的人物画多以佛教神宗人物或文人雅士为题材。另有《太白行吟图》传为他所作，与《泼墨仙人图》齐名。

唐寅（1470—1524），明四家之一，世人称唐伯虎，自诩"江南第一才子"，绘画诗词均佳，仕女人物画也颇有名。《秋风纨扇图》用遒劲飞舞的线条，表现了生动的女性形象，刻画了一位手持一把团扇，体态举止安详的富家少妇。特别是头部勾勒精细，画家在画脸部表情时运笔流畅，宛如北宋李

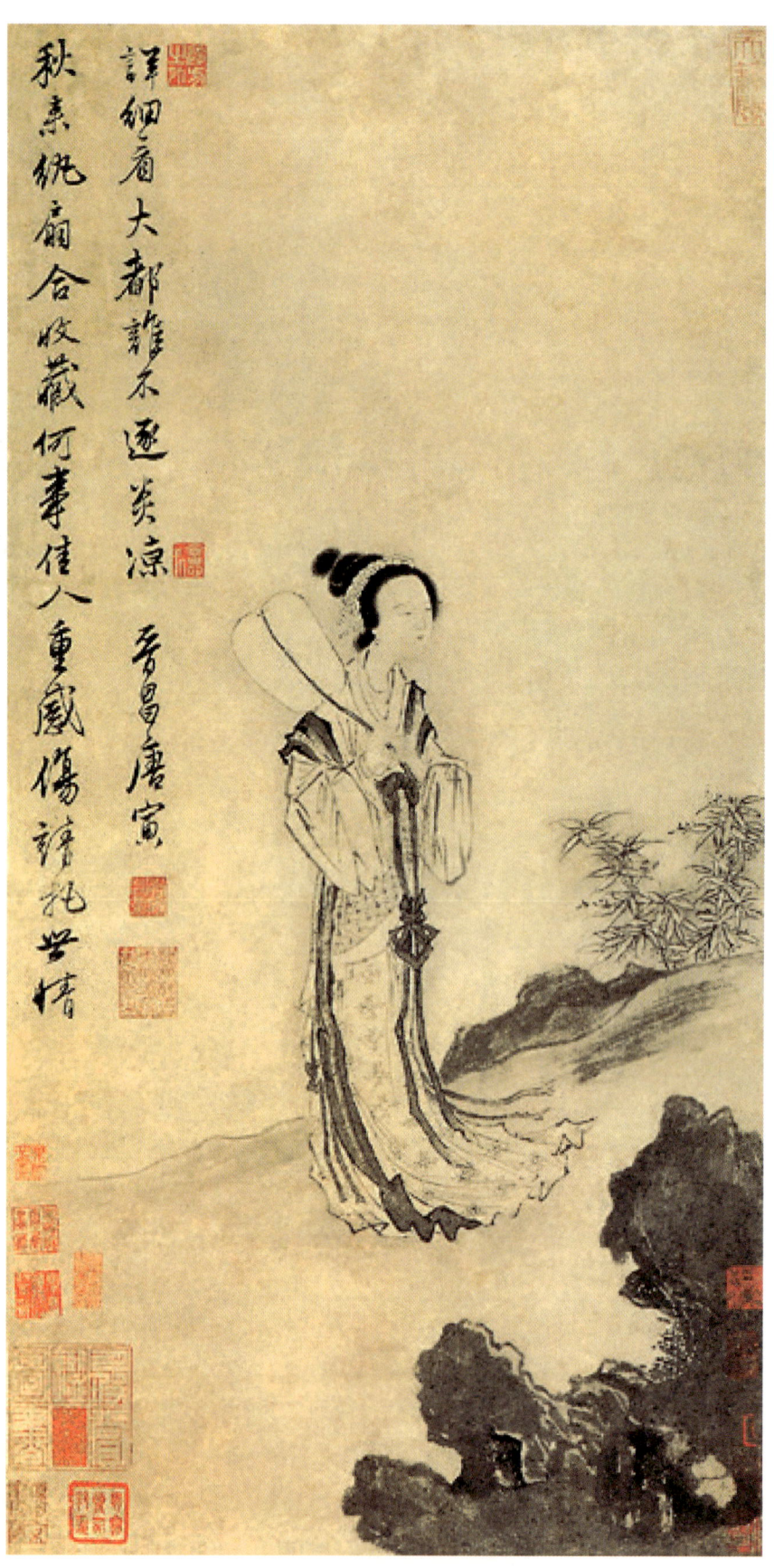

《秋风纨扇图》 明 唐寅

公麟之白描，线条流丽畅达，而对飘带衣裙的描写似南宋李唐的笔法，用笔方折有力。多种笔法的运用，增强了这位少妇的动态美和形体美。此画虽为水墨画，却有丰富的层次感，人物神情和服饰的刻画都生动传神，并有一种恬静悠然，甚或惆怅寂寥的画意。

任颐（1840—1895），清末画家，字伯年，浙江人，自幼受家庭熏陶喜欢绘画，父亲是民间画师，从小随父学画肖像。那时候为人画肖像画也是养家糊口的一种工作。经过长期的实践写生，任颐的人物画基础非常扎实，人物肖像画越来越成熟；后到宁波随任薰学画，最终寓居上海近30年，以卖画为生。任颐善用写生法画小写意仕女，画法博采众长，面貌多样，富有新意。《西施浣纱图》描绘传说中的美女西施，人物比例神态都很生动，淡墨和晕彩将一个亭亭玉立的江南女子形象刻画得生动传神。中国人物画在此时已受西洋绘画的冲击，但仍保留着传统。该画人物造型能力比前代更强，虽为近现代作品，有了新的风貌，古意仍存。

《西施浣纱图》 清　任颐

第六讲　传承与变革
——"五四"以来中国画鉴赏

> 古法之佳者守之，垂绝者继之，不佳者改之，未足者增之，西画之可采者融之。
>
> ——徐悲鸿《中国画改良论》[1]

传承与变革是"五四"以来中国画的两大主题，中国现代美术是在继承传统和引进西方艺术文化的背景下向前发展的。

现代中国画在传承与变革的过程中大致有三条不同的途径。一是坚持传统，重在继承，不提倡借鉴西方，代表人物有齐白石、潘天寿和黄宾虹等大师，他们反对摹古不化，主张"外师造化、中得心源"，尊重艺术个性。

齐白石（1863—1957），近、现代中国画家、篆刻家，别号白石山人。齐白石是湖南湘潭人，自小家贫，无钱读书，只能学了门木匠手艺谋生，所以，大画家齐白石是木匠出身，不过这个木匠和艺术沾了边，他是雕花木匠。虽然出身低微，没正式读过书，但是齐白石勤奋好学，拜师学画、学文、学作诗。大画家齐白石也是位诗人，出版过诗集。白石老人认为"作画妙在似与不似之间"，绘画作品（如《蛙声十里出山泉》）笔墨雄浑滋润，色彩浓艳明快，造型简练生动，意境淳厚朴实；所作鱼虾虫蟹，天趣横生。晚年时，受陈师曾规劝而"衰年变法"，作品有了自己的风貌和个性，后终成为一代大师，被誉为"人民艺术家"。

众所周知，齐白石擅画虾。此幅《虾》便是他晚年的作品，寥寥数笔，把虾表现得十分生动传神，深得表现鱼虾妙趣之法，再加上他富有个性的书法功底，与金石印章相映成趣，此画把中国传统绘画的笔墨功夫表现得淋漓尽致，正应了谢赫所言的"气韵生动"。白石老人的作品有乡土味，生活气息浓厚。所画鱼虾瓜果均有天趣，自然纯朴，天真烂漫，富有诗意，加上朴拙的笔法、工写的结合，极富艺术表现力。

黄宾虹（1865—1955），中国近代画家，擅画山水画，在艺术教育、理论实践等方面均有建树。《青城山色图》风格浑厚华滋，意境沉郁淡远。一谈起黄宾虹的山水画，往往让人想起"黑、密、厚、重"

---

[1]《绘学杂志》第一期，北京大学绘学杂志社编，1920年6月版。

《蛙声十里出山泉》 齐白石 　　　　　《虾》 齐白石

《青城山色图》 黄宾虹

《秋蟹图》 潘天寿

四字，这正是其山水画的特点所在。这幅画很好地体现了这些特点。画面墨色厚重，积墨数十重，本应是混沌一片，黑乎乎一团，但在作者笔下却疏密有致，反而富有层次感，有丰富的变化和表现力。

潘天寿（1897—1971），浙江海宁人，是我国现代著名国画家、教育家。作为国画大家，潘天寿写意山水花鸟，诗书画印均通。他从同样擅长写意的明代徐渭和清代四僧中的朱耷、石涛等人处学到如何使用笔墨，创作自由抒怀的写意画，又从同时代的吴昌硕那里受到影响，笔墨具有金石味。他的画敢于创新，布局新颖，有气势，笔墨老到。潘天寿书法学钟繇、颜真卿，以书入画，还别出心裁以指作画，创作出许多指画精品。潘天寿创作指画，以指代毛笔作画，目的是为了探求中国画笔墨表现的新方法、新途径。《秋蟹图》画面内容简单，只画一螃蟹、一蟹篓，肥大的螃蟹在蟹篓上面笨拙地爬动，富有生活情趣。螃蟹用重墨，蟹篓用淡墨，形成对比。两者均以墨写意画出大致形状，螃蟹和竹篓形象生动。该画显示出了潘天寿绘画构图独特，笔墨写意传神，注重对比呼应，擅于从生活的小细节中挖掘情趣的特点。

除白石老人等继承传统之外，另一种风格途径是以刘海粟、徐悲鸿、李可染为代表倡导的中西融合。徐悲鸿等都有到西方留学的经历，学习接触过西方绘画，同时他们的传统绘画功底深厚，所以主张融合中西绘画之特长优点。如吸收西方绘画的造型方法、色彩运用，乃至绘画理念，同时以中国传统绘画的材料工具和创作法则为主体。这是"中体西用"在绘画领域的表现。

《黄山温泉图》 刘海粟

刘海粟（1896—1994），江苏常州人，中国近现代著名画家、艺术教育家。他从小热爱绘画，14岁到上海学习西画，后不久就创办了美术学校并自任校长。刘海粟受西方现代艺术影响，思想活跃，尝试把西方先进的艺术技法和教育方法引进当时的上海。因在绘画课教学中采用了女裸体模特，而被当时社会所不容，被骂"艺术叛徒"，并受到迫害。无奈远走他乡，到日本访学，举办画展。形势好转后，刘海粟回到国内，在时任教育部部长蔡元培的赏识帮助下远赴欧洲。在欧洲的几年，刘海粟进一步了解接受了西方艺术，特别对印象派和野兽派等西方现代艺术很感兴趣。在欧洲艺术考察和举办画展使刘海粟的艺术眼界更加开阔，这为以后的创作奠定了基础。后来，我们时常见到在刘海粟的水墨国画作品中采用泼墨、泼彩、大笔触涂抹强烈色彩等画法都来自此。

刘海粟十分钟爱黄山，他一生曾十上黄山。黄山美丽的风光，大自然的美景使他流连忘返。他曾说过，黄山美景千变万化，怎么画也画不完，画不够。刘海粟对黄山倾注了生命和情感，他把对黄山的热爱融入笔端。《黄山温泉图》用石青、石绿和大红等热烈的暖色调渲染气氛，用泼彩来表达情绪，以线条勾勒来经营布局，有收有放，收放自如，野兽派似的强烈色彩给人视觉冲击和深刻印象。

徐悲鸿（1895—1953），江苏宜兴人，近现代著名画家、艺术教育家。他学贯中西，既有传统国画的底蕴，又曾留学欧洲，通晓西方绘画技法与理论。徐悲鸿倡导现实主义的创作风格，由于他个人的创作影响力很大，对中国当时的画坛起了积极的引导作用。徐悲鸿绘画实践能力很强，又肯勤学苦练，曾经说过绘画两千幅方才有入门资格。他素描功底扎实，所以无论是油画还是国画都造型准确，国画有西方绘画的空间感、深度感和光影效果。中国画的笔墨和西方绘画的色彩运用优点都被他集中应用到绘画创作之中。众所周知，徐悲鸿擅长画马，所谓，徐悲鸿的马，齐白石的虾。《奔马》一图动感十足，马的造型结构准确，超越了传统绘画；除了造型准确外，徐悲鸿的马

《奔马》 徐悲鸿

还具备中国画论常提的气韵生动之说；他赋予马一种气势和生机，有一股奔腾的气势和勃勃生机溢于画外，令观者振奋。

徐悲鸿擅长画马，也擅长于人物画。由于有扎实的素描功底，通晓西方绘画技法，使得他能把中国人物画提升到一个新的高度。就造型能力来说，徐悲鸿的人物国画是当时翘楚。这幅《愚公移山》图是徐悲鸿访印期间的作品。由于当时正值全民抗战时期，这个取材于《列子·汤问》"愚公移山"的

《愚公移山》 徐悲鸿

《千岩竞秀万壑争流图》 李可染

古老故事被赋予了新的内涵。作者希望借此激励中国军民发扬愚公移山的精神，与日寇艰苦奋战，夺取最后的胜利。

李可染（1907—1989），杰出国画家、艺术教育家。江苏徐州人，自幼喜欢绘画，勤奋好学，师从齐白石、林风眠等人。他对待传统的态度是"用最大的功力打进去，用最大的勇气打出来"，主张继承的同时要有创新。李可染一生出国的时间很少，他更多接触到的还是传统的艺术。不过，西方绘画对他的影响也很大，尤其对于素描，李可染持肯定态度，认为素描对中国画只有好处，没有坏处。所以，我们可以看到李可染的绘画造型能力很强。他甚至还把西方油画中对光的运用融入国画创作中，使得他的国画常有西方油画般的光影效果。另外，李可染强调写生，并身体力行，曾行程数万里，到祖国各地实地考察写生，这让他的作品自然生动，接地气，富有表现力。这幅他晚年创作的《千岩竞秀万壑争流图》生机勃勃，气势不凡，有类似于西画的空间层次感和光影效果，但同时又不脱离中国画的笔墨韵味，有独特的艺术个性风格。

中国现当代绘画传承与变革的最后一种途径也主张中西合璧，但是比徐悲鸿他们对传统的变革更大些，推出了"中西结合"的新品种、新样式的绘画。代表人物有林风眠、吴冠中等大师。他们主张用中国画的工具材料，吸收西方的色彩运用方法、造型手法等形式法则，创造出不同于传统绘画的新形式、新的笔墨技法。这一观点和实践最重要的地方在于，融入了西方的形式技巧和观念，变革传统中国画的表现形式，其目的还是在于发扬中国传统绘画诗性美的传统，致力于挖掘中国画的诗意境界。

林风眠（1900—1990），广东省梅县人，中国现代画家、艺术教育家。他从小耳濡目染爱上了绘画，后赴上海学习，转年到法国留学，接触了西方现代艺术。回国后主要从事艺术教育和创作活动。"文革"后定居香港地区。先后在海外多地举办个人画展，收到良好反响。林风眠的绘画个性风格强烈，主要特点是把西方现代艺术中的形式美理论实践运用到国画创作中，由此形成个人独特风格。这种风格曾经一度不太被赞同，因为新中国成立后不久，创作风气主要以徐悲鸿类似的写生风格为主流。到20世纪70年代末，林风眠的创作风格日益得到重视和认同，在海内外产生积极影响。这幅《秋山图》将克莱夫·贝尔"有意味的形式"论[1]付诸艺术实践，追求艺术形式的韵味美。把西方绘画中的外光画法、光影技法融入中国水墨画中，将西方绘画的形式美理论实践和中国画相结合，画面具有一定的装饰性效果和诗意。

《秋山图》 林风眠

---

[1] 克莱夫·贝尔的"有意味的形式"论强调艺术形式本身的意义价值。

近代另一位激进的变革家是当代著名画家、美术教育家，江苏宜兴人吴冠中（1919—2010）。从20世纪70年代起，吴冠中由油画转入中国画创作。他力图运用中国绘画传统材料工具表现现代精神，并探求中国画的革新。吴冠中通晓中西绘画，对于油画，他的态度是油画民族化，对于中国画，他尝试用西方绘画理论实践来使中国画现代化，他是这么主张，也是这么实践的。吴冠中在国画、油画两个领域都有自己独特的个性。

《柳塘双牛》图中柳丝摇曳，水塘中一对水牛相对而视，像是老朋友在一起聊天一样，富有人情味。画面有江南水乡的风貌，春意盎然，一片生机，充满了生活的情趣，有清新淡雅的画风，观之令人如沐春风，惬意不已。

《柳塘双牛》 吴冠中

在《江南春色》中，吴冠中把他对西方现代艺术的理解融入中国画的创作中，画面形式风格迥异于传统山水题材国画。但是，透过画面中江南小桥流水人家的美景，我们却能从中领会到浓浓的诗意。吴冠中变革国画更多的是在于形式，骨子里还是向往追求中国传统绘画的诗意和意境美。就像久别的游子一样，虽然常年在外，还是忍不住把江南家乡的美景画了一遍又一遍。

《江南春色》 吴冠中

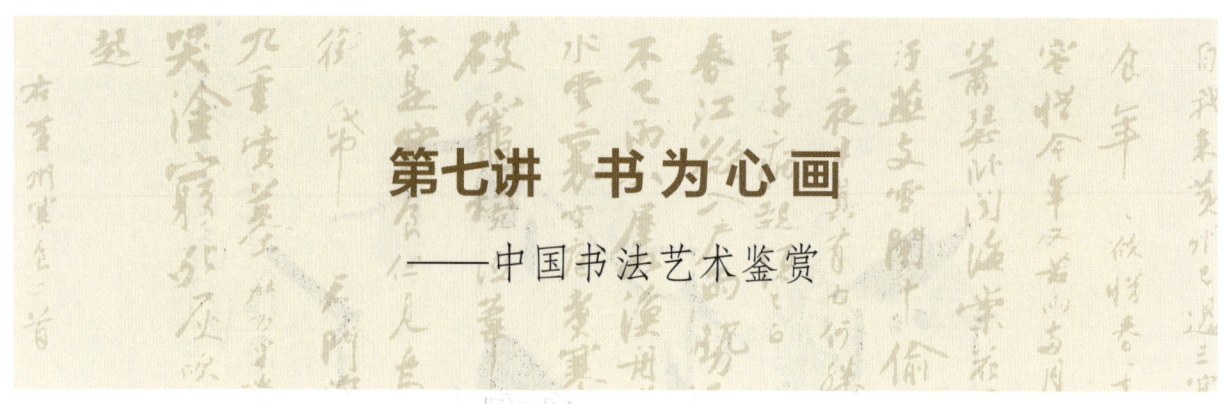

第七讲 书为心画
——中国书法艺术鉴赏

> 言,心声也;书,心画也。声画形,君子小人见矣。
>
> ——〔汉〕扬雄《法言·问神卷第五》

书法,也称"书艺"或"书道",是中国特有的一种传统艺术;是以毛笔为书写工具,以文字为表现媒介,传达信息并且创造有意味的形式的艺术。书法能成为艺术和汉字的特点、毛笔及书写的技巧有关。

上面引用扬雄"书为心画",意为书法是一个人内心世界的反映,通过书法作品能判断出人的品行。就如唐朝楷书大家,同时也是忠烈之臣的颜真卿那样,其书法作品"刚毅雄特,体严法备,如忠臣义士"[1]。这就是通常所说的书品如人品,或书为心画。

那么,为什么书法能反映一个人的内心世界?书法艺术又有何特点呢?明白这些有助于我们鉴赏书法作品。

一、书法艺术特点

首先,书法是由长短肥瘦不一的线组成的线的艺术。中国书法艺术的线条就是书法的艺术语言,书法的美集中表现在书法线条上,书法线条具有节奏感、力量美和表情性等特点。

1. 书法线条的节奏美

任何艺术都应该是具有音乐的节奏韵律美感的。没有节奏韵律美感就会显得呆板松散,缺乏表现力。书法的线条多种多样,形式不一,富有变化,从而产生节奏韵律美感(如杜预的《岁终帖》)。可以说节奏是书法的灵魂,人们用听觉感受音乐的节奏,用视觉也可以感受到书法的节奏。

唐代书法家、书论家张怀瓘称书法为无声之音,现代美学家、《美学散步》的作者宗白华说,好的书法作品就是一曲动听的音乐。

---

[1]〔宋〕朱长文:《续书断·神品》。

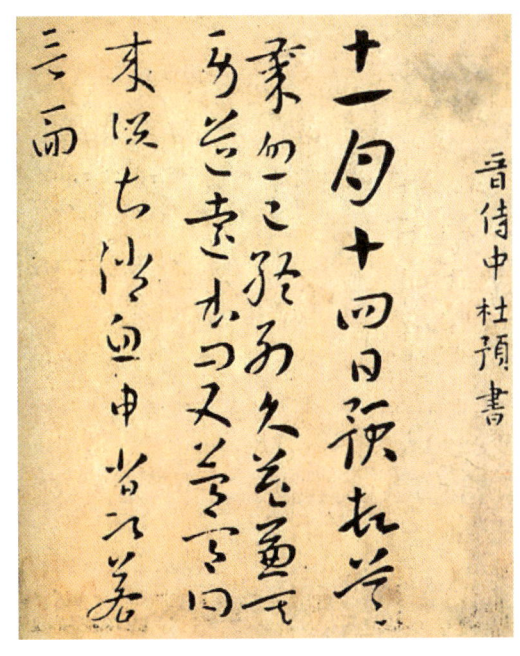

《岁终帖》 西晋 杜预

观王羲之的《兰亭序》，有如欣赏一场行云流水般洒脱飘逸的交响乐。

《兰亭序》（局部） 东晋 王羲之

2. 力量感

书法线条必须有力。这种力量感不是用力使劲写就会有的。线条有力是指线条给人的感觉，是一种内心的感受。如果书法作品的线条如汤锅里煮的面条一样，绵软无力，那就毫无美感可言。晋代书法家卫夫人认为："多力丰筋者圣，无力无筋者病。"（《笔阵图》）书法的线条应该有筋有骨，笔画坚韧有弹性，坚实有力。"颜筋柳骨"（如颜真卿《颜勤礼碑》和柳公权的《神策军碑》）就是代表，所以被苏轼赞誉为："书至颜鲁公，天下之能事尽矣。"

《颜勤礼碑》 唐 颜真卿

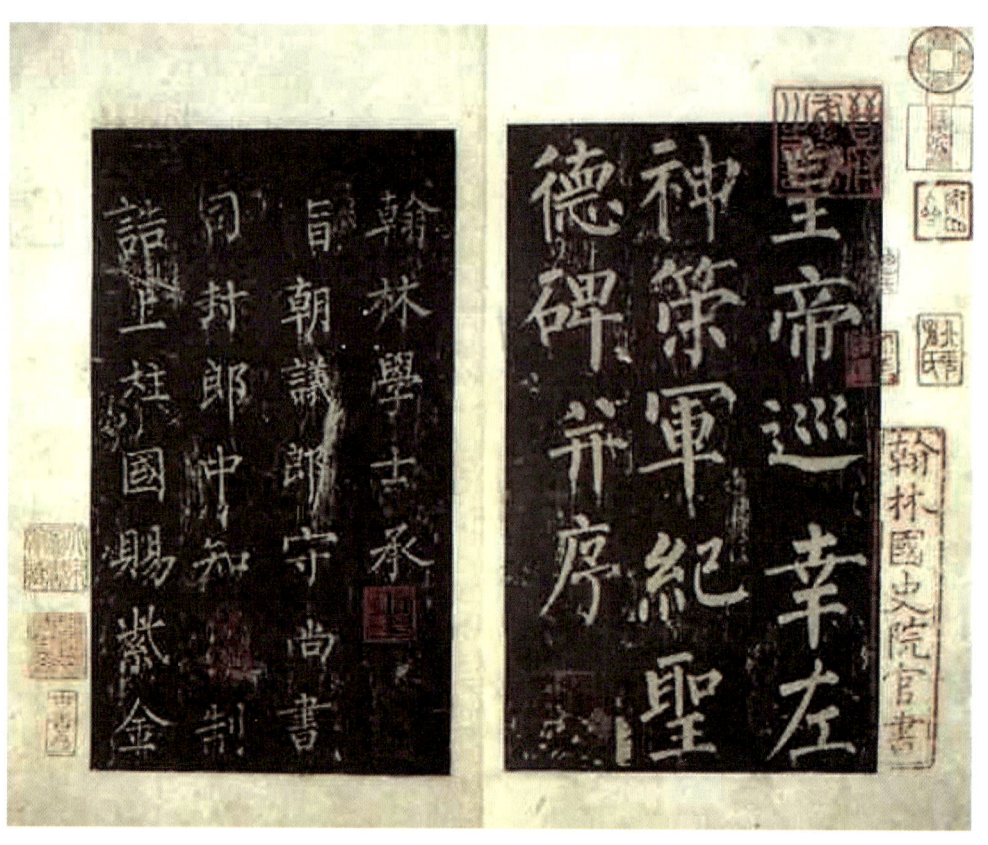

《神策军碑》 唐 柳公权

3. 表情性

线条的情感性是书法情感性的重要基础。书法线条的最大特点在于它的抒情性，表情达意是书法线条的本质和功能。情感性表现在线条的节奏和力量之中。书法线条轻重徐疾、抑扬顿挫的节奏引导人的视觉运动方向，控制视觉感受的变化，给人的心理造成一定的节奏感受，并由此而产生情感活动。一般而言，水平线使人感到广阔、平静；垂直线使人感到上腾挺拔，曲线使人感到柔和、流动。同样，书法线条的力也寄寓着人崇尚充沛生命力的情感。我们在鉴赏颜真卿的《祭侄文稿》时，会感受到作者的悲痛心境，道理就在于此。

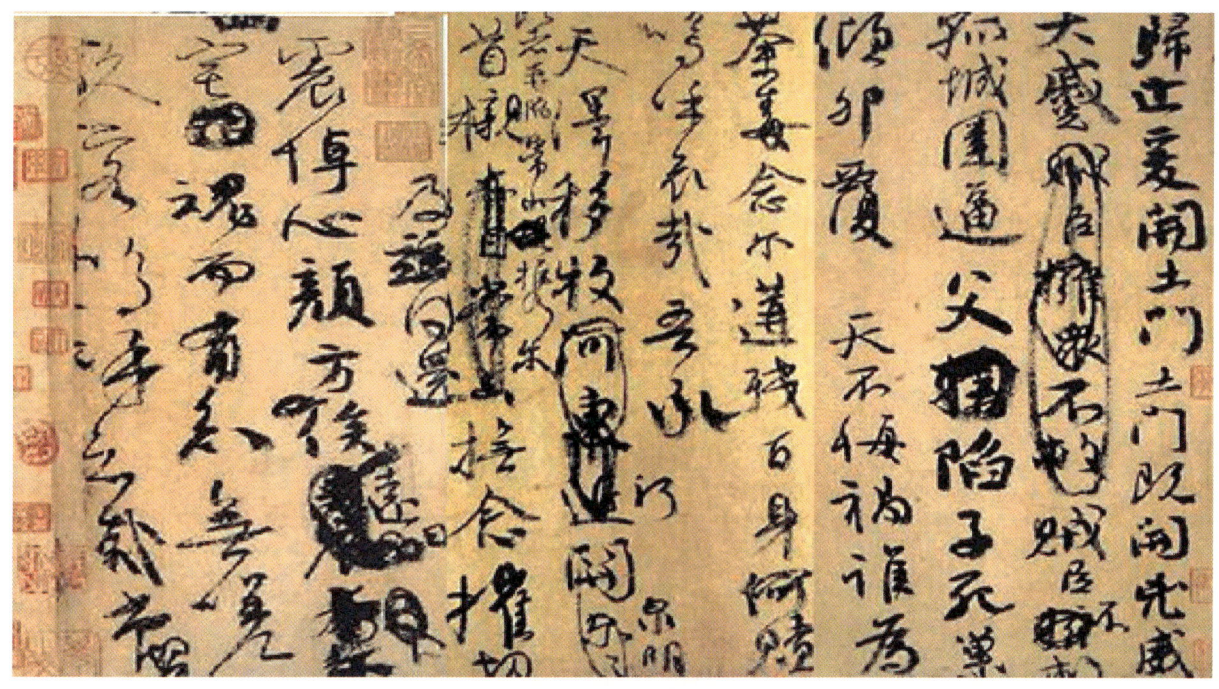

《祭侄文稿》 唐 颜真卿

书法的特点除了书法是线的艺术之外，还特别注重势和势能。

书法中的势能，是指书法中的气势和力度，是书法充满动能的精神力量，是书法的灵魂之所在。

什么是"势"？

"势"是书法中一个至关重要的概念，使用频率极高，据统计，与"势"有关的书法用语有上百个之多，如气势、形势、笔势、书势、体势，等等。

"势"，现代汉语词典解释为"一切事物力量表现出来的趋向"。书法的"势"是建立在力的基础上的，但光有力还不够，要成为"势"还要呈现出一种运动的趋向，所以，书法的"势"总是带有明显的动感的。

20世纪30年代，林语堂为了向西方人介绍阐述中国的书法艺术，借用西方美学中常见的"运动"概念来代替书法"势"的概念，他认为运动是中国书法的生命所在。这种运动的美，即书法的势，正是理解中国书法的钥匙。

"势"是如何产生的？

书法的"势"以力为基础，书法的力蕴含于笔画线条之中，"势"便依附于线条、结体[1]、章法[2]

---

[1] 结体是指字的笔画安排与布置。
[2] 章法主要看字与字之间的联系，如布局、留白、行距、落款以及钤印等。

等组合形式而存在。所谓有形才有势，书法"势"是以书法的形为载体的。

所以，书法用笔有笔势，结字有体势，谋篇时要考虑走势，三势合一，书法作品方有气势和神韵。

"势"的本质是什么？

书法之"势"客观上来看是靠书法之"形"来表现的，但从本质上来说，书法之"势"是人的精神、意志、情趣、审美理想的流露，是人生命意志的呈现。力乃生命之本，书法之所以崇尚力，其实是崇尚生命力的表现。而力的运动表现为"势"，人们在书法中格外关注"势"，刻意表现"势"，实际上是对生命力的赞美与肯定。

现代美学家宗白华认为，艺术家的使命是在形式中注入生命，在形式中展示主体对生命的体验和认识，艺术是人生命情感的外在符号。所以，他说，中国的书法是反映生命的艺术。这是充分揭示中国书法本质的精辟之论。

真正的艺术必然要上升到生命哲学的高度。尼采说生命通过艺术而自救，而艺术则因为深刻的生命内涵而获得崇高的地位。在西方美学中，艺术就是生命的载体，是生命之花，是生命之树，艺术是"生命的意味"的呈现。书法是书法家用来表达生命意志的符号，是物化了的生命的外在形式。这和我们经常说文学即人学，道理是一致的，离开了人谈艺术毫无意义。"尚韵""尚法""尚意""尚势""尚态"等书风的出现，实质上就是不同生命意识在书法中的表现。如王右军的飘逸，柳公权的骨气，东坡的豪迈，米芾的洒脱，它们是独特的"势"，更是独特的生命意志。

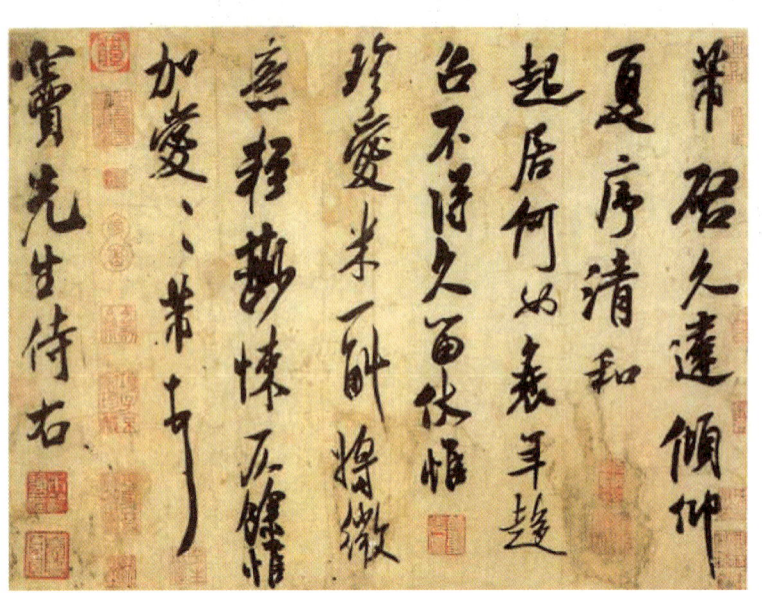

《清和帖》 北宋 米芾

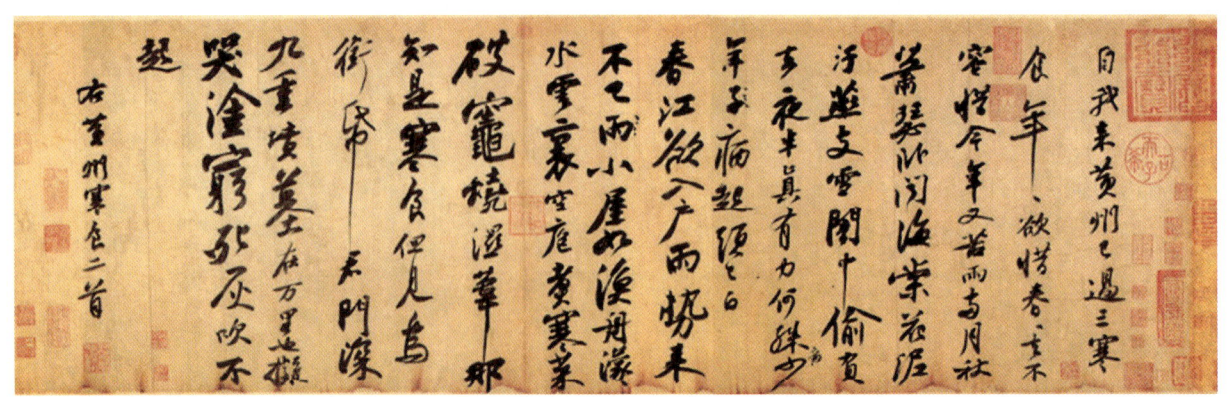

《黄州寒食帖》 北宋 苏轼

二、如何鉴赏书法作品

鉴赏书法作品需要懂得一定的书法方面知识，比如书法史的知识、书法的特点等。我们以鉴赏欧阳询的《九成宫醴泉铭》为例。

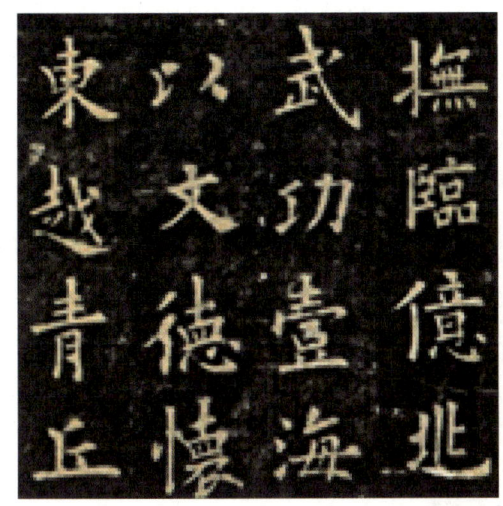 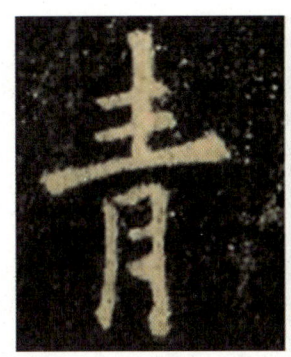 

《九成宫醴泉铭》（局部） 唐 欧阳询

我们会发现图中的"青"字下面两横靠右，在此碑中我们可以发现另外一种写法，通常"青"字下面两横是靠左写的，之所以靠右书写，是因为月字长撇起笔过于靠左了，为了平衡，使字整体更美观好看，所以靠右书写，以弥补不足。如果能看出这些，说明已具备一定的书法基础，鉴赏书法作品已入门径。

书法的基础知识包括书体（如下图所示）、笔法（如"永字八法"）、结体等。

各种书体　　　　　　　　　　　　　　永字八法

结体是指字的笔画安排与布置。经过多年的书写实践，书法已形成系统的结字规律，已基本程式化。结体是练习书法者必须要了解的知识。除此之外，鉴赏书法还需对书法名家名帖有一定了解认识。

一般而言，鉴赏书法作品都要看笔画、结体和章法。笔画前面讲了不少，如有没有笔力等。不同书体笔画特点不同，这个还需多看多练，鉴赏水平就会提高。结体主要看字的间架结构，字美不美观、好不好看，主要在此。总体而言，整体和谐的字就会好些，这符合形式美的规律。章法主要看字与字之间的联系，如布局、留白、行距、落款以及钤印等。这方面能体现我们中国人的哲学，如虚实相生、计白当黑等，充分体现了中国人的智慧。

看完这些，基本能对鉴赏的作品有大概的判断和认识。最后是领会书法作品的意境。唐张怀瓘说："深识书者，惟观神采，不见字形。"[1]这是强调对书法审美意境的理解把握，这种程度的鉴赏是最难的，鉴赏者除了有书法相关知识外，还需具备极高的个人文化素养和审美鉴赏力。

我们看卫夫人的书法（如《近奉帖》），就会体会到她的书法作品带有女性特有的妩媚娇柔的风格。

颜真卿的书法（如《东方朔画赞》）骨力遒劲而气概凛然，这种风格与他高尚的人格契合，是书法美与人格美完美结合的典例。

王羲之之所以为书圣，就在于他以优美的艺术形式传递出那种简远、冲淡、雅逸的魏晋风度。当然，要鉴赏书法作品的神韵、意境需要较好的知识背景和较高的审美鉴赏能力。这是随着年龄的增长、学习的积累慢慢形成的，非一朝一日之功能成。

《近奉帖》 东晋 卫夫人

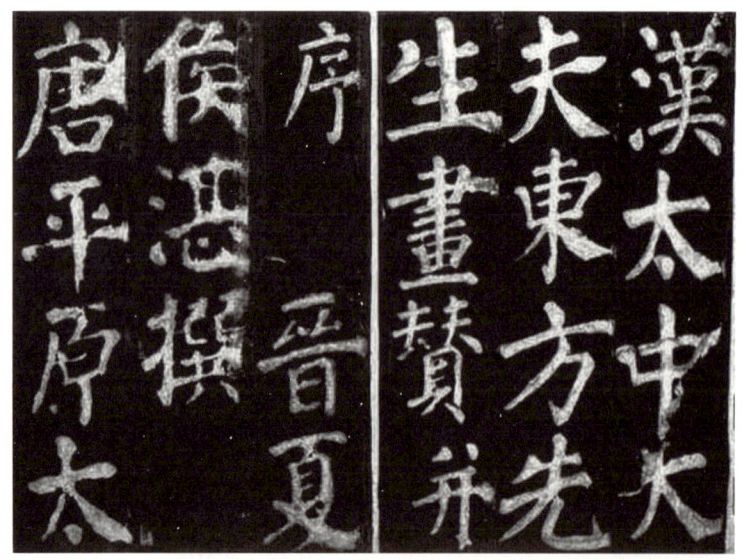

《东方朔画赞》 唐 颜真卿

---

[1] 潘运告编著：《张怀瓘书论》，湖南美术出版社，1997年，第155页。

三、书法名作鉴赏

中国书法艺术经历甲骨文、金文、大小篆和隶书、楷书的演变并逐渐成熟,历朝历代涌现了许许多多书法名家名作,为后人留下了宝贵的艺术财富。

书圣王羲之(303—361)的《快雪时晴帖》被元代赵孟頫誉为"天下第一法书"。为《石渠宝笈》三稀帖之首,乾隆皇帝为之特辟三稀堂珍藏。全帖二十八字,四行行书,字迹流利秀美,笔健而飘逸,"灿若浮云,矫若惊龙"。此帖已有一千五百多年历史,很可能是王羲之遗留下的唯一真迹。

张旭(658—747),吴郡(今江苏苏州)人,唐朝著名草书大家,被誉为"草圣"。因常醉后作狂草,所以被后人称"张癫"。《古诗四帖》运笔如锥划沙,跌宕起伏,一气贯通,极有个性。

黄庭坚(1045—1105)是宋代诗人、书法家。他与苏轼、蔡襄和米芾在书法上并称"宋四家"。《苦笋赋》行书虽无壮阔之境,但气息内敛,有沉静之趣。

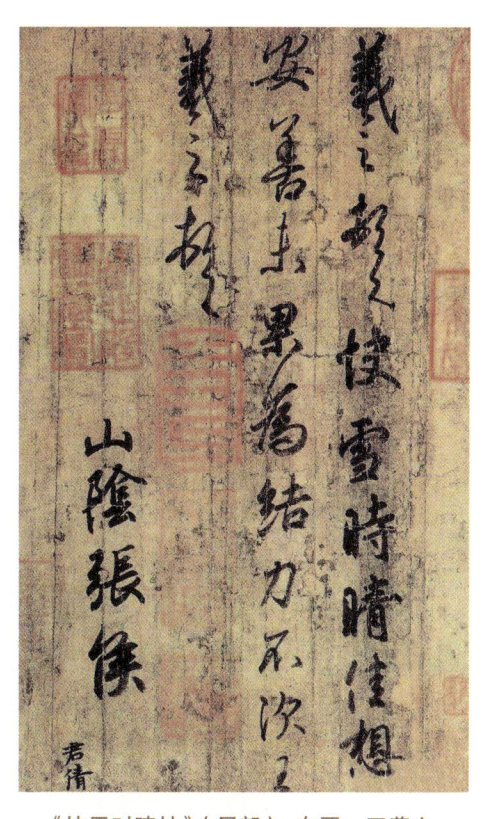

《快雪时晴帖》(局部) 东晋 王羲之

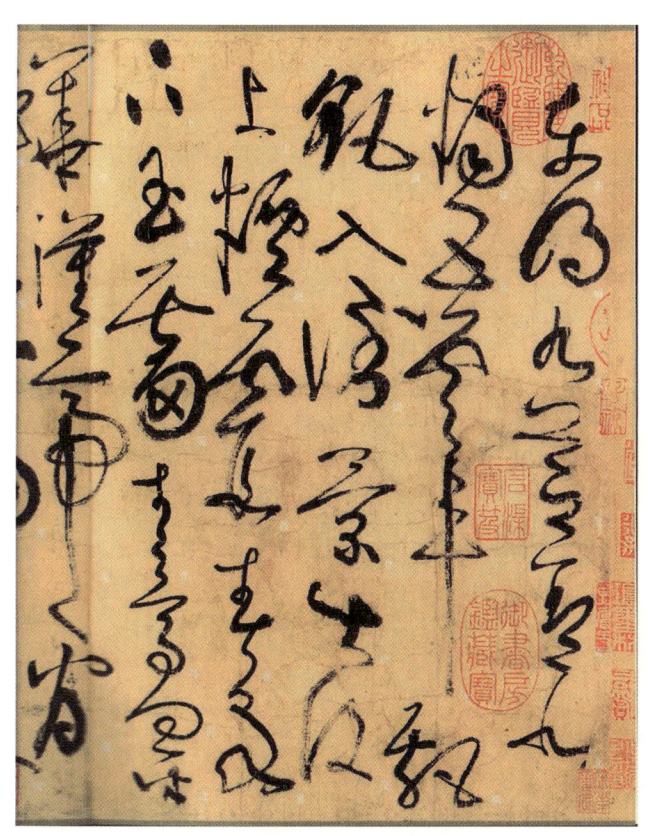

《古诗四帖》(局部) 唐 张旭

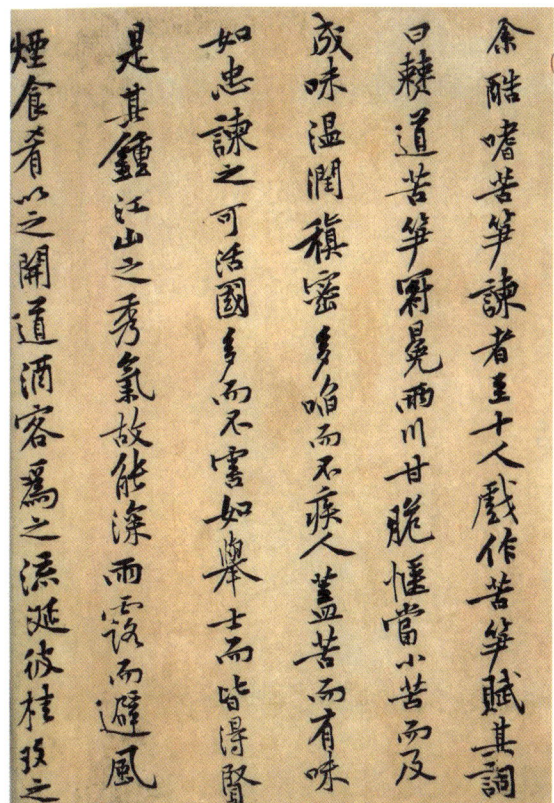

《苦笋赋》 宋 黄庭坚

宋徽宗赵佶虽然不是一个很好的皇帝，但确实称得上是个好的艺术家，其文学诗词、书画样样精通，造诣极高。"瘦金体"的书法（如《闰中秋月诗》）就是他独创的。他还倡导建立了宋画院，使院体画在宋朝得到了大发展。宋徽宗赵佶对书画艺术的贡献很大。

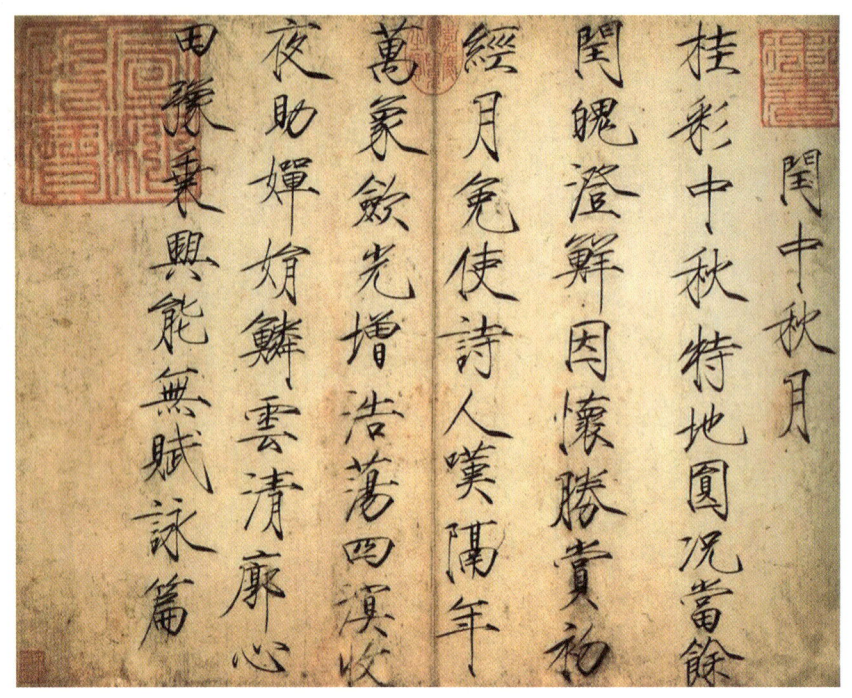

《闰中秋月诗》 宋　赵佶

陆游（1125—1210），号放翁，浙江绍兴人，南宋著名爱国诗人。他的书法作品《怀成都十韵诗卷》和其诗词一样，沉郁雄强，抒胸中之块垒。作品《怀成都十韵诗卷》行草疏放，有张癫笔意，字里行间流露出满腔的爱国情怀。

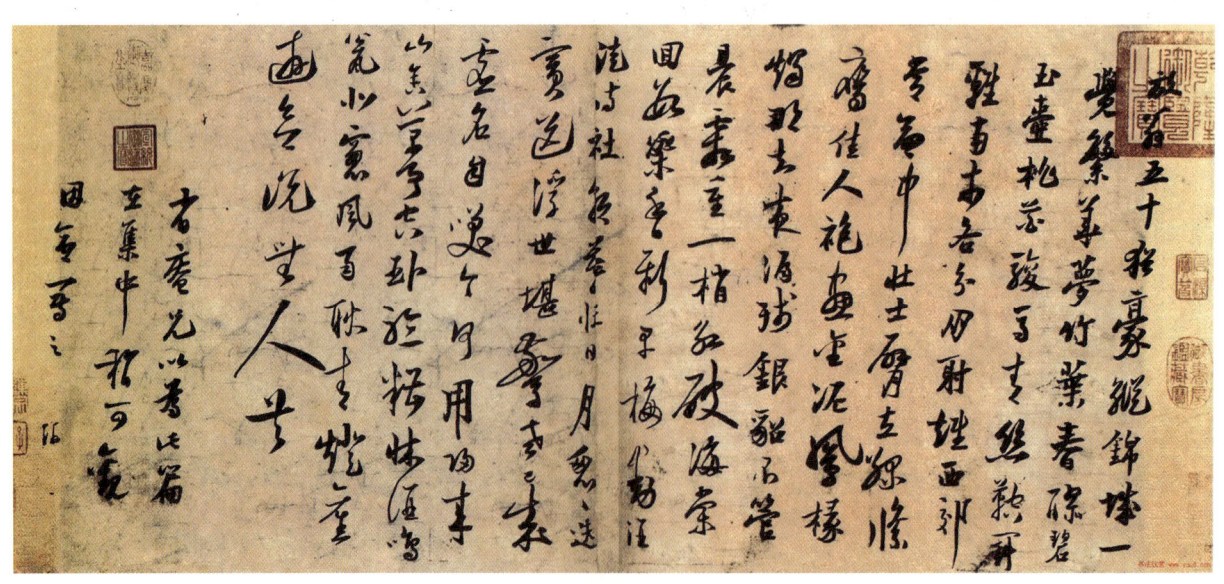

《怀成都十韵诗卷》 宋　陆游

赵孟頫（1254—1322），今浙江湖州人。在元以宋宗室身份入仕，在世"官居一品，名满天下"，博学多才，琴棋书画、诗词歌赋无一不精，书法成就对后世影响很大。赵孟頫创作此书法作品小楷《洛神赋》时已经66岁，但笔法仍然精工稳健，风格绰约多姿，媚中带刚，正应合了文中所提"翩若惊鸿，婉若游龙"。

小楷《洛神赋》 元 赵孟頫

第八讲　模仿自然
——油画艺术鉴赏

> 画家只根据实践和肉眼观察从事创作，就像一面镜子，把摆放在眼前的每一样东西精确摹描下来。
> ——［意］达·芬奇《达·芬奇笔记》[1]

一、西方油画鉴赏

音乐是最高的艺术，哲学是最高的学问。哲学对艺术的影响是决定性的。可以说，没有儒道哲学，中国的书画艺术就不是现在这个样子。同样，西方的艺术也受哲学观念的影响。古希腊的哲学家们奠定了西方绘画的观念基础，苏格拉底、柏拉图和亚里士多德都有艺术起源于模仿的看法，尤其是亚里士多德，他把模仿说发展到了新的高度。亚里士多德认为诗起源于人模仿的本能，艺术模仿不只是对实在世界进行复制和抄录，而是在自然事物基础上的自由创造。上述引用文艺复兴时达·芬奇的"镜子说"理论也是在古希腊模仿说基础上发展而来的。

因为模仿自然，所以西方绘画追求物理的真实，加上科学的理性精神，使得西方绘画很早就在外形上达到了惟妙惟肖的地步。古罗马庞贝城的出土使得古罗马绘画重见天日。

古罗马绘画已经具备了现代油画的雏形，明暗、透视、解剖、色彩等现代油画的基本要素那时候就基本具备了。古罗马之后，在经历了近千年的中世纪后，西方油画终于来到了文艺复兴时代。这是一个天才辈出的伟大时代，涌现了许多像达·芬奇、米开朗琪罗和拉斐尔这样的伟大艺术家。

在西方文艺复兴以前，绘画用蛋清、蛋黄混合颜料，再把颜料涂抹在石膏板上，或者墙壁上（壁画），这种作画方法叫蛋彩画。蛋彩画有一些缺点，比如颜料干得快，画作不容易长期保存等。后来，文艺复兴时期尼德兰画家扬·凡·爱克发现用一些植物油混合颜料作画效果更好，不仅可以使画作长期保持光亮如新，画面颜色鲜艳明亮，而且作画时颜料不容易干，画家可以反复覆盖，从容作画，这些植物油包括亚麻仁油、罂粟油、核桃油等。这种作画方式一问世便广受欢迎，这就是油画的由来。所以，油画是用植物油调和颜料，在画布或其他媒介材料上作画的一个画种。

文艺复兴时期西方油画迎来了发展高潮，出现了许多艺术天才，达·芬奇（1452—1519）就是其

---

[1] ［意］达·芬奇著，［美］H·安娜·苏编：《达·芬奇笔记》，湖南科学技术出版社，2015年，第95页。

古罗马绘画（左图为墓室绘画，右图是庞贝壁画）

中之一。他的《蒙娜丽莎》，还有那神秘的微笑一直被人津津乐道，可以说是家喻户晓。作为全世界藏品最丰富的博物馆之一的法国卢浮宫，有三件镇宫之宝，《蒙娜丽莎》就是其中之一。为了画好这幅杰作，达·芬奇花了差不多四年的时间才完成。据说蒙娜丽莎是一位富商的妻子，花钱请达·芬奇为其作画。那时候还没有照相技术，所以花钱请人画肖像画还比较流行。和达·芬奇的其他作品类似，这幅画采用了三角构图方式，三角构图显得稳定，利于画面营造一种神秘的宁静氛围。

达·芬奇在这幅画中采用了一种独特的形体过渡方法——"渐隐法"。达·芬奇熟悉人体解剖结构，对透视学、光学等知识也深有研究。蒙娜丽莎面部表情的表现是渐隐法成功运用的范例。我们在看这幅画时，感觉好像人物脸部看起来有些模糊，仿佛笼罩着一层淡淡的薄纱。特别是面部五官分界处的阴影，时而清晰时而模糊，尤其是眼角和嘴角边缘过渡的地方，画得朦朦胧胧、虚虚实实，没有明显的边界线，所以才会有让人猜不透的"神秘微笑"。这感觉好似读李商隐的无题诗，含蓄蕴藉，才会让人觉得回味无穷，仿佛有无限的可能在其中。

《蒙娜丽莎》 意大利 达·芬奇

"渐隐法"的运用可以使艺术形象的塑造摆脱早期绘画僵硬和生硬造作的缺陷，空气透视法的应用更是有利于画中的背景空间感的营造。仔细观察会发现，这幅画背景中左右两侧风景的地平线并不一样高，右高左低，使得画面具象逼真的人物和主观写意的背景形成一种变化，从而给观者留下更多想象的空间。

文艺复兴之后，17、18世纪欧洲油画有激情动感的巴洛克风格，也有代表上层贵族审美趣味的洛可可风格，还有自然朴素、抒情而富有诗意的荷兰小画派。荷兰是个有意思的地方，有宁静平和、富有生活情调的维米尔，也有沉郁深刻的伦勃朗，两者都是伟大的油画家。

巴洛克艺术是指17世纪欧洲的一种艺术文化风格思潮。巴洛克风格不光在美术领域，它在音乐、文学创作上也有类似的态度和主张。巴洛克艺术富有动感，运动和变化是巴洛克艺术的精髓。

鲁本斯（1577—1640）的《劫夺留西帕斯的女儿》是巴洛克风格的作品，富有丰富想象力的主题、动感、夸张的人物造型，强烈对比的色彩，都充分体现了巴洛克的风格特征。这幅画的背景源自古希腊神话传说故事，人物造型、动作表情等都是作者想象的产物，带有戏剧性的冲突和叙事性的画面情节构图充分体现出了作者丰富的想象力、创作的激情和追求激烈情绪表达的欲望。

《劫夺留西帕斯的女儿》 佛兰德斯 鲁本斯

与追求激情动感变化的巴洛克不同，洛可可艺术代表的是上层贵族的审美趣味。奢靡享乐、浮艳华丽是一些洛可可绘画的标签。华托虽是洛可可风格的代表人物，他的作品纤弱柔和、精致典雅，在华丽的外表下常带着一丝淡淡的忧伤，但没有过多的奢靡和浮艳，总体风格当得上"乐而不淫、哀而不伤"之评。《发舟西苔岛》这幅作品带有梦境般的迷幻色彩，表现的是一群群衣冠楚楚的贵族青年男女在西苔岛的幻境（西苔岛是维纳斯在海水中诞生后踏足的美丽之岛）中郊游、野餐或歌舞。画面背景林木繁密，笼罩在梦境般的雾霭之中。贵族男女们身穿绮罗，仪态优雅，互相凝视，谈情说爱，沉浸在良辰美景之中。画面平静、优雅，充满了迷离的诗意和幻想，外在的欢乐、优雅和内心的忧伤、空虚交织在一起，一种矛盾的"美丽的忧伤"带给人许多遐想。

《发舟西苔岛》 法国 华托

荷兰画家伦勃朗（1606—1669）的作品总体风格是沉郁的。这有点类似杜甫，杜甫的诗是现实主义的力作，伦勃朗也坚持现实主义的创作原则，他的《夜巡》和其他许多作品一样，如一系列的自画像，都是现实主义的。《夜巡》是伦勃朗饱受争议的一件作品。为了坚持这幅画的创作风格，作者因打官司失败而经济破产，并从此由高峰转向低谷，生活不顺，最终导致晚年的穷困潦倒。这幅画代表了伦勃朗一贯的创作风格特征，他的画有类似舞台聚光灯的效果。这幅群体肖像画是受阿姆斯特丹的公民自卫队的18个队员委托而作，描绘的是他们的一次远足射击操练。画面中央的两个人物在光线的作用下醒目突出，其他人物在两侧依次展开。画面人物安排有主有次，有一定的叙事性效果。可以肯定这是一幅成功的现实主义力作，但是由于被安排在次要位置人的不满，要求作者修改这幅画，伦勃朗坚持自己的立场，断然拒绝了这一要求，这导致打官司等一系列后果。作者是不幸的，但是为后人留下了这一艺术杰作。

维米尔（1632—1675）是荷兰17世纪绘画光影大师。他的作品大多描绘普通市民的日常生活，

《夜巡》 荷兰 伦勃朗

《倒牛奶的女仆》 荷兰 维米尔

给人舒适温馨、宁静和谐的感觉。

维米尔绘画时使用类似今天照相的暗箱技术,用以准确地捕捉光线和色彩。维米尔对色彩的把握和光线的处理非常出众。他经常用的颜色是黄、蓝和灰色,这样便于利用光源营造出宁静和谐的氛围。画面篇幅不大,但往往给人巨大的视觉冲击。维米尔就是一位善于在平凡中寄寓生活哲理,在朴素的生活场景中再现生活的质朴美好的大师。《倒牛奶的女仆》就是这样一幅佳作。

19世纪的法国有大卫和安格尔为代表的新古典主义美术,借古典题材来表现、反映当时社会,强调理性和和谐。还有米勒等人为代表的现实主义美术,以德拉克洛瓦为代表的浪漫主义美术,以及莫奈等人的印象派风格绘画等。

1789年法国发生了大革命,在革命前期,大卫(1748—1825)创作了《荷拉斯

《荷拉斯兄弟的宣誓》 法国 大卫

兄弟的宣誓》等作品，赋予古典历史题材以新的时代含义，作者通过歌颂古代英雄人物刚毅坚强、勇于牺牲的精神来鼓舞人们为共和与自由而奋斗。

德拉克洛瓦的《自由领导人民》创作背景是1830年的七月革命，这是浪漫主义的力作。画面中央占据显著位置的是一位上身赤裸的女性。她高举着三色旗，带领工人、学生和知识分子冲锋在前。画家把她放在画面显著的位置用来象征自由，正是自由引领着人们冲锋向前。

《自由领导人民》 法国 德拉克洛瓦

画面的色彩和光影效果营造了一种紧张、激昂的情绪，使得这幅画具有强烈的艺术感染力。

安格尔（1780—1867）擅长画人物画，他以古典艺术为最高理想，以古希腊的静穆美为追求目标。理性、和谐是他绘画的最大特点。这幅女人体画《泉》充分体现了这些特点，代表了安格尔的最高成就。该画人物造型丰满圆润，线条柔美流畅，画面色彩清纯恬淡，给人纯洁、淡雅的美感享受。

米勒（1814—1875），现实主义绘画大师，他描绘表现普通农民的生活和乡村风景，放弃了西方绘画中常见的宗教、神话和历史题材，《拾穗者》就是这样一幅代表性作品。画面色调柔和，简洁朴实，散发着质朴的现实生活气息。占据画面主要篇幅的是收割完成后，三个正在劳作、俯首拾穗的农妇。米勒笔下的这三个人物衣着朴素，没有华丽的场面，甚至连面部表情也未做深入刻画，作者以稳定的构图、统一的色调、清晰的明暗界线、雕塑般的人物造型，真实地再现了人物的劳动场景，表现了人物的性格和内在的生命，使作品在平凡之中见伟大，达到感人的效果。

莫奈（1840—1926）被誉为"印象派之父"。印象派也称外光派，他们主张到大自然中作画，表现真实的光线和色彩。在莫奈的画中，景色、阳光和空气被赋予了特有的灿烂和艳

《泉》 法国 安格尔

《拾穗者》 法国 米勒

丽，犹如乐曲般和谐。莫奈绘画表现的独特之处在于重视笔触的运用，以灵活多变的笔触敏锐地捕捉转瞬即逝的印象，表现出物象不同的质感和动态，忠实地再现自然本来的面貌，也是《日出·印象》这幅作品的独到之处。作为西方绘画史中不朽的经典、印象派的象征性作品，《日出·印象》如今可谓是家喻户晓，但当初展出时却遭到保守批评家的诟病。其实这是一幅具有革新意义的作品，这幅作品完全跳出了古典绘画的束缚，抛弃了严谨的造型、具象的素描等程式，画家只是忠实地记录了大自然瞬息万变的迷人风光和色彩。

《日出·印象》 法国 莫奈

　　《星夜》是凡·高（1853—1890）1889年精神崩溃后，在疗养院创作的。这是一幅变形、夸张、扭曲，甚至旋转的画，是作者独特的生命感受真实的再现。我们或许会觉得画面拧作一团，让人混乱而又迷茫。其实，这幅作品表现的不是客观的真实物像，而是作者主观心里世界的投影。凡·高作为最有个性的后印象派画家，他的每一幅画都是内在心灵的独白和展示。外在的物像只是一个借于表现内心世界的媒介而已，所以我们会看到画面中高大的白杨树恐惧地战栗着，山谷里的村庄、尖顶的教堂笼罩在扭曲旋转的星空下，蓝绿色和棕色、黄色形成对比冲突，更加使画面不安起来。可以想见作者的内心是多么复杂和狂乱啊！

　　20世纪初，欧洲画坛进入多元发展时期，出现了诸多风格流派。"我们的目标并非模仿，而是纯精神"，"我们的目标并非再现，而是纯形式"[1]，各种艺术主张令人眼花缭乱，成为西方20世纪现代艺术的一大特征。

---

[1] 孙美兰编：《艺术概论》，高等教育出版社，1998年，第172页。

《星夜》 荷兰 凡·高

西班牙画家毕加索（1881—1973）是立体画派的创始人，他富有才华，并且是20世纪西方最具有影响力的艺术家之一。因其始终创新不辍，被誉为"永远年轻的艺术家"。他一生留下了数量惊人的作品，其风格多变但始终关注现实。《格尔尼卡》就是一幅反映现实、具有批判力量的杰作。

《格尔尼卡》 西班牙 毕加索

《格尔尼卡》是为巴黎世界博览会西班牙馆创作的现实主义巨作,作者采用现代派的绘画语言,运用黑、白、灰三色抽象地再现了1937年侵略者对西班牙小镇格尔尼卡狂轰滥炸的罪行。为了增强作品艺术表现力,作者把众多艺术形象集中在画面中:象征西班牙的公牛、怀抱孩子绝望恸哭的母亲、躺在地上受伤的士兵、悲嘶的战马、从窗外伸出的举灯之手等,这些形象烘托出了恐怖气氛和反侵略、反战争的主题。画家创造性地运用独特的艺术表现手法将所有的这一切都展示出来。这一真实的介于抽象与具象之间的历史图景,唤醒和引导人们对战争与和平的思考。

马蒂斯(1869—1954)是野兽派的代表画家。强烈的色彩、装饰性的效果、极简的笔法、富有视觉冲击力的画面、表现性强烈是野兽派的特点。这些特点和后印象派、东方艺术,甚至非洲艺术都有一定的联系。马蒂斯以装饰性的构图、强烈而单纯的色彩、极简的艺术形象,来表达独特的艺术情感。《舞蹈》这幅作品轻松而欢快,人物造型夸张,在或舒展,或奔放的手舞足蹈之中,以及由蓝色的天空、墨绿色的地面和橘红色的舞者所构成的和谐画面中,传达了他对艺术语言的独特理解与追求。

《舞蹈》 法国 马蒂斯

奥地利画家克里姆特(1862—1918)的作品具有创新性和象征性,有类似于西方中世纪教堂镶嵌画的装饰性效果,由于绘画使用金箔、金线、金粉等材料的原因,给人以金碧辉煌的艺术效果。

克里姆特的作品大多表现女性,有情欲的成分(如《吻》)。性欲、性的需求是人类正常的欲望之一。艺术表现生活,当然包含了这方面内容,这是无可厚非的事情。但克里姆特的作品在当时因此受到过批判,现在这一点反而使他的作品更具特色,是他艺术个性的重要方面。为了更好地表现女性和人的欲望,克里姆特放弃了西方古典绘画的深度感和空间感,他的作品显得平面化,具有很强的装饰性效果。艳丽的色彩,金箔、金线、金粉等材料的使用,使得他的画具有夺人眼目的金碧辉煌的装饰效果。再加上取自自然花卉植物等的曲线造型图案,更强化了绘画的装饰性。克里姆特绘画的另一

《吻》 奥地利 克里姆特

个方面是象征性，构图和画面内容的含蓄使得他的作品具有多重解读的可能，这增加了作品的艺术魅力。

二、中国油画鉴赏

油画对中国来说是外来画种，它是随着西方传教士的来华进入我国的。早期的油画主要是利玛窦、郎世宁等外国传教士为宫廷中的妃嫔们绘制的人物肖像。为了符合中国人传统的审美欣赏习惯，这些传教士画家弱化了西画中的透视、明暗、立体感等因素。20世纪初的"西画东渐"是油画大范围传入我国的第一阶段，它是中国油画全面发展的良好开端。这一时期主要以中国留学生为代表，其中以徐悲鸿、刘海粟、林风眠等人影响较大。

20世纪二三十年代的中国油画创作，古典与现代风格多样并存。有写实派的徐悲鸿；有主张中西融合，借鉴西方现代绘画形式的林风眠、刘海粟等人。在抗日战争时期，许多油画家积极投身现实生活，产生了许多反映劳苦大众生活、表现抗日救亡的油画作品。徐悲鸿的《田横五百士》便是这样一幅代表性作品。

徐悲鸿是著名画家和美术教育家，他的艺术主张和教育思想在我国影响极大。他曾留学法国，对西方油画比较了解，当时国内在人物画题材方面，徐悲鸿是出类拔萃的。《田横五百士》以《史记》中记述的一个故事作为创作背景，借此赞扬、肯定英雄主义。田横是秦朝末年齐国的王族，被刘邦部

《田横五百士》 徐悲鸿

下击败后与五百勇士流亡逃难到一个孤岛上。刘邦招降，田横自刎，宁死不从，手下五百壮士感其气节义气，也全部自杀殉节。画面刻画的正是田横与五百壮士告别时的情景。作品气氛悲壮、场面宏大、人物众多。在中国屡遭侵略的时代，画家借此历史题材表达了对民族气节的肯定和赞扬。

新中国建立后，油画这一绘画形式得到肯定和发展。以徐悲鸿为首的写实主义成为绘画的主流，此时中国的油画领域涌现了许多面貌写实且具有时代精神特征的优秀作品。董希文的《开国大典》作为现代中国美术史中的经典之作，因其题材具有不同寻常的历史和现实意义。画面描绘了中华人民共和国成立时天安门庆典的盛况。画家采用了写实的绘画语言来真实地再现这一历史画面。构图表现了庆典场面的开阔与恢宏，突出了主要人物。色彩吸收中国民间年画中鲜艳的用色和平涂的手法，使画面具有庄严、喜庆的整体气氛。为了表现地毯的质感，画家还特意在油画颜料中加入了适量的沙子以获得逼真的艺术效果。

20世纪80—90年代，中国油画在各种思潮的影响下形成了百花齐放、多样并存的新格局，从形式语言、精神内涵、表现技巧、材料媒介等方面探寻中国油画艺术的发展之路。罗中立《父亲》是这一时期代表性的作品。

罗中立《父亲》在内容和艺术语言形式上，都有重要的革新意义。它是特定社会政治下的产物。这幅画采用了超写实的表现手法，非常具象地刻画了当时一位中国农民的形象。作者创作的这一中国农民形象是有原型的，来自作者的生活观察和艺术实践。在那个年代，我们还比较落后，以农业人口为主，农民是社会的主要劳动者，他们任劳任怨，为国家、社会做出了巨大贡献。作者以详尽的细节刻画塑造了一位血肉丰满、真实感人的中国传统农民形象。饱经风霜、布满皱纹的黝黑的脸，骨节突出、皮肤粗糙皲裂的手，边缘残破、焗了补丁的茶碗，这幅画在展出时打动了很多观众，甚至有不少人为之流下热泪。

《开国大典》 董希文

《父亲》 罗中立

第九讲 瞬间的艺术
——雕塑、版画艺术鉴赏

> 希腊杰作有一种主要和普遍的特点，这便是高贵的单纯和静穆的伟大。
>
> ——［德］温克尔曼《论古代艺术》[1]

一、雕塑艺术鉴赏

雕塑是指用各种可塑性材料创造具体可感的艺术形象，借以反映生活，表达作者思想情感的艺术。

雕塑有三种类型：圆雕、浮雕和透雕。圆雕是三维立体雕塑；浮雕、透雕和绘画类似，在平面中塑造立体效果，像江西婺源的许多明清时期的徽派木雕就属于浮雕和透雕艺术。

雕塑的特点首先是空间性与体量感。作为三维的实体形象，雕塑存在于空间，呈现于空间，也展开于空间。因此，空间，真实的、实体的空间，是雕塑的存身立命之所。作为体积和体量的艺术，雕塑必须占有空间，通过空间来展现其艺术魅力。

其次是瞬间性、恒久性和沧桑感。任何雕塑形象都是对现实中事物的瞬间定格。如米隆的《掷铁饼者》定格的是运动员积蓄体力、鼓足干劲，正待掷出铁饼的瞬间，运动员那种蓄势待发的瞬间情态，被雕塑家抓住并生动地表现出来。雕塑的恒久性与历史沧桑感，与雕塑的物性特征密切相关。古代的雕塑，大多采用石头和青铜铸成，由于这些材料在抗御时间和风雨的侵蚀方面比任何纸质或布质

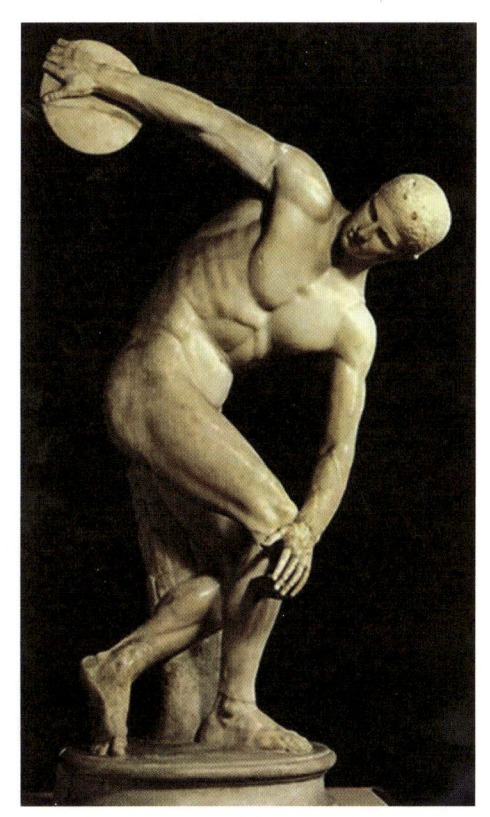

《掷铁饼者》 古希腊 米隆

---

[1]［德］温克尔曼：《论古代艺术》，中国人民大学出版社，1989年，第159页。

《永恒的偶像》[1] 法国 罗丹

的绘画更具有优势，因而，我们今天仍然可以观赏到古希腊、罗马甚至更早年代的雕塑杰作，但是很难看到与雕塑同样古老的绘画作品。因此，雕塑的恒久性是突出的。由于存在时间的恒久漫长，历经风雨、饱经沧桑的雕塑如同建筑一样，具有石头史书的价值，即历史的、文化的，甚至是文物的价值。

再次，雕塑还具有虚拟性和象征性。虚拟性和象征性是雕塑非常重要的特征。虚拟性和象征性在中国戏曲表演中占据重要位置，比如马鞭代表骑马，桨代表划船，开门的动作代表室内和室外空间的区隔等。总体来说，戏曲常用的象征手法，是部分代替整体。雕塑与戏曲在这一点上非常类似，也常常采用部分代替整体的手法，例如，几朵浪花，象征涛飞浪卷的大海；一颗麦穗，象征农业或者丰收；等等。

最后，雕塑还往往具有一定的景观意义，特别是城市环境雕塑。在城市空间中，雕塑常常处于重要的结点位置，它往往起着组织周围空间，聚焦城市景观中心点和雅化城市空间的作用。城市雕塑是一种巨大的展示艺术，既展示城市的历史和传统，又昭示城市的审美品格。

古希腊雕塑代表了人类雕塑艺术的最高水准，是人类最伟大的艺术杰作。法国卢浮宫三件镇馆之宝中的两件都是古希腊的雕塑。《米洛的维纳斯》（大理石圆雕）就是其中之一。

古希腊雕塑艺术体现出的时代和民族精神被18世纪的德国艺术史论家、美学家温克尔曼总结为"高贵的单纯、静穆的伟大"。在他的名著《古代艺术史》中，他把古希腊雕塑的静穆美比喻成深邃的大海，大海的表面不管怎样波涛汹涌，其内部总是波澜不惊的。理性与和谐是古希腊雕塑的两个最基本的特点。

高贵和伟大是古希腊艺术所表现出来的时代和民族精神：一是理性精神或科学精神；二是自由的人文主义精神。西方文化里最重要的就是这两个方面，古希腊雕刻充分体现出了这两个方面。从科学精神的角度来说，古希腊雕刻是模仿自然的杰作，维纳斯模仿的人体基本符合人的生理解剖结构。古希腊雕刻在很早的时候就已经掌握了人的肌肉、骨骼和比例关系。从人文主义来看，维纳斯雕像优美、健康、充满活力，给人的不是感官或肉感的刺激。她的身姿大方、沉稳，沉静的表情里显出人格的尊严，她无

《米洛的维纳斯》 古希腊
亚历山德罗斯

---

[1]《永恒的偶像》表现的是罗丹对爱情生活的理解。

须取悦，也不高傲，让人感觉到的是亲切、温和和愉悦，以及对美好人生和生命自由的向往。除了科学的精确性外，这尊雕像更主要的表现了人文主义的精髓——人性的自由和尊严。

古希腊雕塑之所以伟大，除了形式的完美外，更重要的是表现了人类的精神与智慧，生命的伟大与神圣。从美感来说，古希腊雕塑往往是以优美的形式来呈现的。正如18世纪一位德国美学家莱辛对古希腊雕塑《拉奥孔》的评价，他认为拉奥孔临死前的面部痛苦表情被弱化了，不如人们期待的那么强烈。

西方雕塑在文艺复兴时期迎来了继古希腊之后的又一个高潮。文艺复兴时期是天才辈出的时代，米开朗琪罗就是一位艺术天才，他的雕塑开启了人类雕塑史上的又一个高峰。

大卫是犹太人中的英雄，曾经杀死犹太人的侵略者。米开朗琪罗塑造了一位健美的、随时准备迎接战斗的英雄形象。米开朗琪罗的《大卫》体格雄壮健美，怒目直视着前方，脸部表情显示出勇敢坚强的神态，充满了全神贯注的紧张情绪和坚强的意志，全身肌肉处于战斗前的紧张状态，米开朗琪罗在这里塑造的是战斗之前人物充满战斗意志和爆发力的瞬间，从而使作品更具有感染力。这尊雕像被认为是男性阳刚美的象征，在西方雕塑史上有崇高的地位，是西方文艺复兴摆脱了中世纪神权对人的桎梏，使人重新认识到人的伟大力量后，迸发出的创造力的产物。

代表西方雕塑的第三个高峰是法国著名雕塑艺术大师罗丹（1840—1917）。罗丹的地位类似于中世纪最后一位诗人但丁。他也是站在新时代与过去古典时期分水岭上的最后一位天才。罗丹是古典雕塑与现代雕塑分界线上的雕塑大师，其作品继往开来，承前启后，具有划时代的意义。他是"古典雕塑的集大成者"，也是现代雕塑的开启者。他的世界名作《思想者》几乎无人不知、无人不晓。

《拉奥孔》 古希腊 阿格桑德罗斯

《大卫》 意大利 米开朗琪罗

《思想者》 法国 罗丹

"思想者"究竟是谁?他象征什么?一个手托着下巴的男子在思索。他思索什么?我们在鉴赏这件作品的时候可能会有如此疑问。有人猜测,这位思想者可能是作者本人,也有可能是诗人但丁,甚至可能他就是人类的代表。他像一位哲人一样在思考,他思考的是人的生命,人的生存,还是对宇宙人生的困惑?《思想者》是一件哲学和宗教意味很强的作品。因为最初这件作品是大型雕塑《地狱之门》中的一个中心组雕,它原本应该放置在《地狱之门》的上方。《地狱之门》取材于但丁的《神曲》,有宗教色彩,也有哲学的思考。罗丹的《思想者》主题是对人类死亡与苦难的思考。对这一主题,基督教以钉在十字架上受难的耶稣形象来表现,罗丹则以肢体折叠收缩起来呈坐姿的"思想者"形象来表达。这样处理使雕塑显得更有重量感、体积感,更沉稳厚重,更适于表现这样一种矛盾痛苦思索的主题。《思想者》雕像以其思想的深刻和象征意义具有永恒的价值。

西方雕塑有罗丹的现实深刻,也有浪漫激情的巴洛克风格。贝尼尼(1598—1680)就是一位巴洛克风格的雕塑大师。巴洛克与注重和谐、均衡、比例的古典美术不同,它追求运动变化、戏剧性效果和激情,接近于浪漫主义的风格。

贝尼尼的《阿波罗与达芙娜》是想象力的杰作。要看懂这件作品,首先要明白它的创作背景。它的背景是古希腊的神话故事。古希腊有许多动人的传说。那些人格化的神有着凡人的七情六欲、爱恨情仇,他们演绎出了很多爱情故事。阿波罗是太阳神,达芙娜是河神的女儿。达芙娜被阿波罗爱上了,爱神丘比特从中作梗,用拒绝爱情的铅箭射中了达芙娜。所以,我们看见雕塑中两个人在奔跑,那是阿波罗在追求达芙娜。雕像是瞬间的艺术,作者以丰富的想象选取了最富有表现力的一瞬间。此时阿波罗的手刚接触到达芙妮身体。河神为了救女儿,把达芙娜变成了一棵月桂树。后面追赶的阿波罗追悔莫及,但是为时已晚。

《阿波罗与达芙娜》 意大利 贝尼尼

浪漫的想象、戏剧性的情节、如舞蹈般轻盈优美的动感姿态完美地诠释了巴洛克风格的精髓。后来，据说奥林匹克运动会的桂冠（月桂树的花冠）就是由此而来的。

罗丹之后，西方现代艺术更加注重艺术形式本身的意味，西方雕塑在亨利·摩尔（1898—1986）的推动下拓展了雕塑的形式语言，给雕塑带来新的革命。他运用厚重的体量、大胆的空间构成，用概括的手法、虚实结合的形式语言表达人与自然的关系。摩尔热衷于创作大型地景艺术，并将他的作品（如《国王与王后》《侧卧像》）融入周围环境中。他认为，雕塑是大自然的宠儿，它应该回到自然的怀抱，和自然融为一体。

《国王与王后》 英国 亨利·摩尔

《侧卧像》 英国 亨利·摩尔

如果说西方的雕塑是一座高峰的话，那么中国的雕塑就是一条大河，源远流长。从商周青铜器上神秘狞厉的饕餮纹饰到被称为世界"第八奇观"的秦始皇陵兵马俑，从汉霍去病墓前的石雕到魏晋隋唐的佛教洞窟造像，从宋四川大足石刻到元明清注重世俗化、装饰化，精雕细琢的工艺美术雕刻，可用蔚为大观来形容。

秦始皇陵兵马俑

1974年春，在陕西临潼发现了大批兵马俑，举世轰动，称其为"世界第八大奇迹"。秦始皇兵马俑以写实的手法塑造了大量人物、车马等艺术形象。兵马俑原来是有彩绘的，今天我们看不明显，因为太过久远，当时的彩绘都几乎被腐蚀看不见了。兵马俑体型高大，与真人、真马高矮大小相当，服饰、装束也很逼真，容貌神情也是各不相同。秦始皇兵马俑以巨大的体量和数量、群体的组合、威武整严的气势，产生震撼人心的艺术感染力。

《马踏匈奴》 汉

汉朝大将霍去病是抗击匈奴的名将，可惜英年早逝，汉武帝将其厚葬，并在霍去病墓塑有大量雕像，以纪念其功绩。

受道家思想影响的汉代雕塑更多地采用顺乎自然的表现方式，以突出雕塑作品的雄浑之势和整体之美。《马踏匈奴》就是这样一件作品。我们很容易注意到，雕像基本上保留了原来石块的状貌，看起来似乎只是在石头表面做了些浅浮雕，物像大致的形状轮廓可见，但没有做深入的刻画，给人浅尝辄止的感觉。之所以如此，是因为受道家崇尚自然思想的影响。道家有素朴美的思想，认为天地有大美，人只要顺应天地自然即可，无需画蛇添足，这就是道家的无为思想。汉代虽然独尊儒术，但是道家的影响也还是存在的。霍去病墓前的雕塑和周边环境浑然一体，和中国哲学天人合一的境界相吻合。

在魏晋和隋唐时期，佛教传入我国并得到发展。为了宣传佛教教义，开凿了大量的石窟塑造佛像。现今保留下来最有名的有敦煌莫高窟、山西云冈石窟、河南洛阳龙门石窟和甘肃的麦积山石窟塑像，被称为"四大石窟"。

敦煌莫高窟彩绘塑像壁画众多，我们大家熟知的凌空飞舞的飞天舞女，是中西艺术交流的明证。云冈石窟塑像刚健粗犷，有雄强之势，与之相比较，洛阳龙门石窟（如《卢舍那大佛》）则显得"瘦骨清像"，姿态秀美。可见，不同时期人们的审美趣味是不同的。宗教艺术也概莫能外。

《卢舍那大佛》 唐 龙门石窟奉先寺

佛教塑像在魏晋隋唐时期比较多，到了宋代，佛教塑像没有前代那么多了。宋代是中国历史上文化空前繁荣的一个时期。"唐宋八大家"八个人中有六个在宋朝，可见，宋朝的文化多么发达。宋朝的雕塑宗教意味逐渐淡薄，更富有生活气息，前朝雕塑中那些神圣不可及的面貌逐渐为现实生活化的人物形象所替代，四川大足石刻（如《养鸡女》）是其代表。

二、版画艺术鉴赏

版画的产生是和印刷术分不开的。版画指在木、石、铜、锌等材料上通过刀刻或化学处理蚀刻后印刷出来的艺术作品。版画和印刷技术有密切的联系，在我国古代，很多书籍插图都是先木刻好（这就相当于木版画），再印刷。除了木版画以外还有金属的版画，比如铜版画。欧洲有一些艺术大师，比如德国的版画大师丢勒，还有一些印象派的大师，都曾经创作过不少铜版画作品。还有一种叫丝网版画，这种版画技术现在被广泛应用于印刷工业。它的原理是通过把颜料挤压到开孔的界面上，从而形成各种图案。我国古代就曾经使用过这种方法来印染织物，这种技术被称作"夹缬印花"[1]。后来逐渐传至海外。

中国的明清时期版画比较发达，陈洪绶是这一时期的版画大家，最出名的作品是《九歌图》及《屈子行吟图》。他创作的屈原形象被奉为经典。在他的一生中，为许多书籍创作了大量的插图，这些插图都是当时版画中的精品之作。

明清时期有一件广为流传的木刻版画杰作是《芥子园画传》。在当时戏剧家李渔的帮助下刻印出版，并以李氏在金陵的别墅"芥子园"之名，题为《芥子园画传》。这本木刻版画印成的书籍对后世影响极大，是一部绘画启蒙教科书。

在近代中国，鲁迅先生对中国近现代的版画发展起着极大的促进作用。大家可能不知道，我们通常认为鲁迅是大文豪，著名的文学家、思想家，他的文章富有战斗性。其实，鲁迅对版画非常重视，倡导新兴木刻，促进了版画在20世纪30年代的中国迅速发展。当然，鲁迅提倡创作版画，把许多海外版画宣传介绍到中国来，可能是看中了版画艺术的宣传作用，版画也可以像文学作品一样传播思想。《怒吼吧，中国》这件作品创作的时候，中国还处在半殖民地半封建社会，外受侵略，内有军阀。作品形象地传达出民族奋起抗争的主题。在鲁迅先生的推动鼓舞下，类似的作品还有很多。

《养鸡女》 宋 大足石窟摩崖雕刻

《屈子行吟图》 明 陈洪绶

---

[1] 就是取两块木板，在木板上镂空雕上花纹图案，再把织物夹在两块木板之间，涂上颜料，这样就得到了印有各种花纹图案的布料。

《芥子园画传》

《怒吼吧,中国》 李桦

《忧郁》 德国 丢勒

欧洲在文艺复兴之后,铜版画方面的技术发展很快。由于铜版画和木版画相比较有很多优点,所以广受欢迎。铜版画技术不仅用作印刷,还被一些艺术大师所钟爱,形成了独立的艺术门类。德国画家丢勒、荷兰的伦勃朗、西班牙的毕加索等艺术大师在铜版画艺术方面取得了开拓性进展。

德国是一个盛产思想家的国度,歌德、康德、黑格尔、马克思、恩格斯等都是哲学家、思想家,有的甚至对世界历史的进程产生了重大的影响。丢勒也是一位极有哲学家气质和思想的艺术家。他的作品主题隐晦,但很明显,充满了哲学的思考。丢勒对铜版画艺术的发展贡献很大。他的铜版画充满了人文主义色彩,且蕴含着晦涩的象征意义。铜版画《忧郁》(1514)的含义不明确。当我们在鉴赏一件艺术作品的时候,虽然它的原意我们已难以猜测,但是仍然不妨碍我们对它进行鉴赏。不同的人可以从中得到不同的理解和解读,或许作品中的女子在思索人生的困惑,或者是宇宙的奥秘,也或许是一种忧郁情绪的表达。只要我们鉴赏了,就会从中得到收获。每个人都可以结合自己的知识背景和人生经历,形成自己独特的理解。就像鲁迅先生说《红楼梦》,才子佳人可以从中看到缠绵悱恻,革命者可以从中看到排满。艺术的鉴赏不可能只有一个答案,而应该是充满了无限可能的。

安迪·沃霍尔是美国波普艺术运动的发起人和主要倡导者。这种艺术运动倡导艺术的大众化、娱乐化,主张去经典,摒弃了古典艺术的传统,在拓展艺术的边界、强化艺术的功用等方面有积极的贡献。波普艺术家往往利用一些现成的印刷品，或者是罐头盒等一些日用品，稍加改造就成了他们的艺术品。比如把一些名人的头像并列排版印刷，作品《玛丽莲·梦露头像》就将明星玛丽莲·梦露的头像用丝网印刷技术印制。这样的作品具有一定的装饰性和喜剧化的效果，同时也会让人思考，什么是艺术，艺术的边界在哪里。

在世界范围内，日本的版画浮世绘值得一提，它应该是从中国明朝的版画中得到借鉴发展而来的，曾经对欧洲印象派美术产生过积极影响。

浮世绘是17世纪在日本东京地区兴起的一种民间绘画，前后延续了差不多有两三百年的时间，多表现市民阶层的市井生活。浮世绘日语称为锦绘，之所以叫锦绘，是因为浮世绘色彩鲜艳，图案装饰性强。"浮世"意思是指这类版画表现的内容，大多是市井生活，下里巴人。也正因为如此，浮世绘一经诞生便广受欢迎，被广大平民所接受。浮世绘中也有不少低俗艳情的内容，当然，瑕不掩瑜，因为贴近生活，浮世绘中的很多作品具有较高的艺术价值。为了迎合商业市场的需求，美人图曾一度成为浮世绘的主要表现对象和内容。《难波屋》就是其中著名的一幅。这类美人图一般装饰性较强，画面色彩鲜艳，曲线柔美，有鲜明的世俗文化特色。

《玛丽莲·梦露头像》 美 安迪·沃霍尔　　　　《难波屋》 日本 喜多川歌磨

葛饰北斋（1760—1849）是日本浮世绘最有名的代表人物之一，他的《神奈川冲浪图》是日本浮世绘版画的代表作。这幅版画构图奇巧，作者故意采用低视角来构图，突出表现了大海的惊涛骇浪，远处的富士山是日本的象征，激烈动荡的大海与稳重的富士山，一动一静，形成对比。日本是一个岛国，人们长期依靠大海来谋生，与海浪搏斗是司空见惯的事情。一条在滔天巨浪中行进的渔船，穿行在海浪中时隐时现，仿佛随时会被大海掀翻，画面充满了紧张的气氛。这幅版画，可以看成是日本民族与大自然顽强抗争的一个缩影。无论从主题思想或表现形式来说，都是浮世绘中不可多得的精品。

《神奈川冲浪图》 日本 葛饰北斋

第十讲 材美工巧
——工艺美术鉴赏

《考工记》是关于我国古代工艺美术设计的一部重要文献，春秋时就有了，是中国最早的科技文献。《考工记》里有"天有时、地有气、材有美、工有巧，合此四者然后可以为良"[1]的论述，材美工巧是中国古代工艺美术设计的审美价值标准和审美理想。

工艺美术，是指利用一定的材料，根据相应的工艺技术制作的，既美观又实用，和人类日常生活息息相关的一类美术品的总称。工艺美术既满足人们的物质生活需要，又满足人们的精神生活需要，是实用和审美的结合，是技术和艺术的统一。

工艺美术一般具有材美工巧、形式与功能兼备的特点。材美工巧是指工艺美术的制作材料好、品质佳，制作工艺精美、巧妙。形式与功能兼备是指工艺美术观赏性与功能性齐备，形式感与实用性兼具，是生活与美学的结合。

学习工艺美术可以使我们了解灿烂的工艺文化和能工巧匠们的卓越成就，提升审美鉴赏力，同时得到美的熏陶和陶冶。

一般认为，工艺美术包括三大块，即传统工艺美术、现代工艺美术和民间工艺美术。传统工艺美术包括瓷器、织绣、编织、漆器、金属工艺等；现代工艺美术包括现在高校里开设的各种设计专业，如染织设计、装潢设计、服装设计等都属于现代工艺美术；民间工艺美术主要指一些民间传统的手工艺，现在大多成为非物质文化遗产，包括剪纸、刺绣、花灯、皮影、民族服饰等。

工艺美术种类繁多，品类浩瀚，古今中外工艺美术杰作不可胜数。鉴于美术鉴赏不是学习美术史，主要在于得到美的陶冶，收获美的感悟，提升审美的鉴赏力。所以本讲内容不求面面俱到，将选取中外工艺美术中比较突出的代表性作品种类来阐述，并分析其缘由。在选取的典型性作品中以中国古代工艺美术为主，以求使大学生加深对祖国灿烂文化艺术之了解，增进民族自豪感和自信心。本讲拟选取中国古代工艺美术中具有代表性的玉器、陶瓷、丝织品（丝绸）和青铜金属器等作为主要内容。

工艺美术历史悠久，它蕴含着各国人民的智慧，融会了民族特有的文化和审美理想，是世界文明重要组成部分。

---

[1] 闻人军译注：《考工记译注》，上海古籍出版社，2008年，第151页。

中国工艺美术是中华民族文化精神和审美意识的集中体现，具有独特的美学个性，有和谐美、自然美和象征性等特征。儒家有"中和"之美，中庸思想也要求适度或适宜，所谓过犹不及。所以，中国工艺美术以和谐美为尚。道家崇尚自然，认为"天地有大美存焉"，这就使得中国工艺美术具有自然天真、恬淡优雅的趣味和情致。中国工艺美术历来都很重视工艺品的伦理道德感化作用。"文以载道"的观念已有几千年的历史，文艺的社会功能总是不能缺少的。所以，传统工艺通常都有一定的象征意义，有的通过独特的造型，有的凭借巨大的体量，有的用色彩或纹饰来象征性地喻示伦理道德观念。比如，在中国古代通常用鼎来象征王权，问鼎中原这样的成语就是源于此。

玉器是中国工艺美术中重要的组成部分。中国人对玉情有独钟，形成了玉文化。我们大家都耳熟能详的和氏璧的故事就是一例。一块美玉可以换十座城池，这在某些国家和民族是不可想象的事情，但在我们国家却并不罕见。中国古代稍微有点身份地位的人都要佩玉，死亡时陪葬品都少不了玉。目前发现比较早的玉器有长江流域江浙一带良渚文化出土的玉器和黄河流域内蒙古中东部一带出土的红山文化玉器。这些玉器都有五六千年的历史，那时候还是原始部落时期，所以这些玉器很有可能和原始宗教、图腾崇拜有关，一般在祭祀礼仪或巫术活动时使用。

玉龙　红山文化

玉琮　良渚文化

中国是陶瓷大国，有源远流长的陶瓷文化。瓷器源于陶器，中国古代的陶器，著名的如马家窑类型的舞蹈纹彩陶盆和半坡文化的人面鱼纹彩陶盆等，这些陶器在小学历史课本里都有，是中国五千年文化的见证。一般而言，中国古代原始陶器上的纹饰大致有几何纹、植物纹、动物纹、人面纹等。其中，几何纹最多，其次是动植物纹，人面纹样最少。对于原始陶器上的图案，有考古学家认为，"人面鱼纹"的图案或许更多的是一种符号的象征，陶器上的鱼纹是原始民族的图腾或者是氏族部落的族徽等。

有意思的是中国古代陶器装饰和西方古希腊的陶瓶画有很大的不同，我们做个对比就会发现，作为西方文明摇篮的古希腊，它的艺术一开始就和人密切相关。古希腊著名的陶瓶画《阿喀琉斯与埃阿斯掷骰子》，创作于公元前530年左右，题材来自著名的《荷马史诗》。陶瓶画中的英雄人物有着侧面清晰有力的轮廓和正面刻画的眼睛，人物肩部和旁边地面上的盾牌都已经用到了透视短缩处理的方法

舞蹈纹彩陶盆 马家窑类型

人面鱼纹彩陶盆 半坡类型

《阿喀琉斯与埃阿斯掷骰子》 古希腊陶瓶画

（短缩法）。并且这幅陶瓶画还有故事情节，带有叙事性。

中国人把陶器和祭祀、图腾崇拜等联系在一起，赋予陶器原始宗教的内涵。所以，中国陶器装饰图案比较抽象，它更多地是作为一种承载着象征意义的图案符号而存在。西方则不同，他们的陶瓶画大量地表现人物，甚至有完整的故事情节，叙事性很强，已经脱离了原始巫术或图腾崇拜的范畴，不仅具象，而且从中可以看出人文主义思想的萌芽。古希腊很早就有文明程度很高的自由城邦，这从他们原始陶器上的装饰画就可窥一斑。

瓷器是中国工艺美术中的重要一环。中国工艺美术不可能离开瓷器。中国瓷器历史悠久，在世界享有盛誉。

秘色瓷是中国古代越窑（今浙江一带）进贡朝廷的一种特制瓷器，简称"秘瓷"。"秘色"一词最早出自晚唐诗人陆龟蒙诗篇《秘色越器》："九秋风露越窑开，夺得千峰翠色来。"由此可知，秘色瓷是

秘色瓷盘　唐　法门寺地宫发现

以青绿色为主的青瓷。秘色瓷为唐、五代之际越窑青瓷中的上乘之作。秘色瓷一直很神秘，直到在法门寺地宫中挖掘发现后才揭开了它神秘的面纱。

唐有秘色瓷，但是中国瓷器的最高峰是在宋朝。宋朝是华夏文明最繁荣、最发达的一个阶段。唐宋八大家中大多是宋朝人。宋朝的书画艺术、青瓷、宋词等都是中华文化史上璀璨的明珠，为后人留下了不可估量的宝贵财富。

"宋瓷代表着我国陶瓷发展的高峰。以定、官、哥、汝窑和钧窑等'五大名窑'为首的宋瓷独特的美感一直为世人所称道。宋瓷与唐以前和元以后相比，它不太注重华丽的装饰，而崇尚质朴、自然与含蓄，重视瓷器本身的造型、釉色与材质，所以宋瓷常常表现出一种'清水出芙蓉，天然去雕饰'的美感。"[1]

龙泉窑玉壶春瓶　宋

官窑梅瓶　宋

"宋瓷的造型讲求俏丽纤细、精巧含蓄，有一种飘逸的美。在式样繁多的宋瓷造型中，宋代所创的玉壶春瓶、梅瓶夸张其肩部和腹部。瘦肩细身，腹以下内敛，给人以轻盈飘逸的美感。最能体现这

---

[1] 周永民：《宋瓷审美取向与庄子美学思想》，《中国陶瓷》2008年第2期。

官窑琮式瓶　宋

汝窑天青釉碗　宋

一特点。"[1]

瓷器之外，中国的丝绸工艺也是享有世界盛誉的，著名的丝绸之路源于此。我们要了解中国古代的丝绸织物工艺有多么高超，先看看湖南长沙马王堆汉墓出土的织锦——乘云绣就会深有感触。

锦是多色的多重织法，质地厚重，色彩极为华丽，是最名贵的丝织品。有的锦掺有金丝，叫金锦。从汉代出土的织锦我们可以了解到将近两千年前的古人已经掌握了高超的丝绸织造技术，汉代的乘云绣即使在今天来看也是很了不起的，有很高的艺术价值。

到了唐代，我们熟知诗圣杜甫的一首《春夜喜雨》中有"晓看红湿处，花重锦官城"句，锦官城就是今天的成都，成都那时候就以织造业而闻名。

唐代的丝织工艺水平很高，有富丽堂皇、殷荣华贵之美。丝织品的图案纹样丰富多彩，这件花鸟纹锦以花鸟为主题图案，色彩艳丽。由于是在新疆吐鲁番出土，气候干燥，虽然过了上千年后出土依然保有当年风采。唐代奉牡丹为国

乘云绣　汉

花，盛唐一朝大多喜爱牡丹花。"花鸟纹锦"以盛开的牡丹花为中心图案，辅以折枝花、散点花等众花散布四周，各类鲜花之间有蜜蜂、蝴蝶翩翩起舞，更有喜鹊和鹦鹉穿绕花间，仿佛在叽叽喳喳叫个不停。天空上祥云朵朵，大地一片生机。整幅图案疏密有致，花鸟争春，有盛唐之气象。

明代缂丝[2]技艺发达，缂丝技艺作为中国传统丝绸工艺现已成非物质文化遗产。它最突出的优点

---

[1] 周永民：《宋瓷审美取向与庄子美学思想》，《中国陶瓷》2008年第2期。
[2] 又称刻丝。织造时先画出底稿，再在上面描出花纹图案，有如刻镂而成。主要产地为苏州。参阅〔宋〕庄季裕：《鸡肋编》卷（上）。

花鸟纹锦　唐

缂丝山水图轴　清

在于经过缂丝后的完成品弥补了图案平面化,缺乏空间深度的不足,富立体感,具有雕刻艺术的效果,这增加了图案画面的艺术感染力。由于丝绸本身就是昂贵的织物,加上独特的工艺,使缂丝有"织中之圣"美誉,也有"一寸缂丝一寸金"的说法。

刺绣是中国民间传统手工艺之一,历史悠久,传承众多。中国古代女子受封建礼制所束缚,常常独守闺房,不能抛头露面。所以,刺绣成了她们娱乐消遣的方式。后来,逐渐发展形成有一定规模和影响的手工艺艺术。经数千年发展,到明清时期形成苏绣、湘绣、蜀绣和粤绣等具有影响力的刺绣艺术,其中苏绣最负盛名。明代刺绣始于嘉靖年间上海顾氏露香园,所绣山水人物花鸟,无不精妙,工艺精美,所作图案常有喜庆、长寿、吉祥之意。

中国古代的青铜等金属工艺美术多有象征性和礼仪性特征。在夏商周三代青铜器纹饰中经常出现的是饕餮猛兽形象。青铜纹饰中的兽面纹有一种"狞厉美"。狞厉美是事物狰狞、怪诞、可怖而能唤起人想象和神秘感、崇高感的美。[1]在祭祀礼仪活动中通过青铜艺术的这种"狞厉恐怖"的美来引起人们的尊崇和庄严肃穆的神圣感,体现统治者的权威。

汉代的青铜工艺品有著名的"长信宫灯"(河北满城出土)和"马踏飞燕"等。

"长信宫灯"设计科学,是生活和美学结合的典范。仕女一手执灯,一手连接灯罩,内中空,可贮水,使灯产生的烟气溶入水中,防止空气污染,灯罩可旋转,调节照明方向。以人体为灯,还兼顾

---

[1] 李泽厚:《美的历程》,天津社会科学院出版社,2002年,第85页。

刺绣芙蓉鸳鸯图轴　明

司母戊大方鼎　　　　　　　　　兽面纹

长信宫灯　西汉　　　　　　　　马踏飞燕　东汉

环保，可谓匠心独运，令人惊叹古人的智慧。

"马踏飞燕"1969年于甘肃武威出土，是东汉时期工艺美术精品，代表了当时最高的艺术成就。现藏于甘肃省博物馆。铜奔马身高三十多公分，身长不到五十公分，体型不算大。铜马采用了写实的表现手法，构思新颖，富有想象力。马昂首嘶鸣，身姿矫健，躯干壮实，四蹄飞腾，一足踏飞燕，造型在写实的基础上加入浪漫的想象。"马踏飞燕"在1983年被国家旅游局确定为中国旅游标志。

唐代金属工艺美术在生活中应用很广，其中铜镜纹样丰富，题材广泛，寓意吉祥。有珍禽奇兽花鸟纹饰、宝相花图案和海兽葡萄纹等，还有表示长寿的双鸾衔绶纹，象征夫妻恩爱、生活和美，由孔雀、喜鹊、鹦鹉、麒麟、莲花等组成的连理枝或比翼鸟图纹等。宝相花由牡丹和莲花演变而来，和佛教有密切的联系。唐代的宝相花图案饱满丰富，富丽堂皇，有吉祥之意。海兽葡萄纹由海兽和葡萄蔓枝构成主体纹样，姿态各异的海兽攀援葡萄枝蔓。葡萄枝叶和瑞兽构成寓意和谐的图案。

海兽葡萄纹　唐

宝相花图案　唐

此外，还有神话故事和社会生活题材的唐镜图案，如嫦娥奔月、伯牙弹琴等。这类图案生活气息浓厚，表现生动有趣，是唐铜镜装饰纹样的典范。

明代景泰年间（1450—1456）有一种独特工艺品，制作时先用紫铜制胎，再用扁细的铜丝在铜胎上粘出图案花纹，然后用色彩不同的珐琅釉料镶嵌填充在图案中，后再反复烧结，磨光镀金而成。因最初成品多用蓝色珐琅釉，故名景泰蓝，也称铜胎掐丝珐琅。景泰蓝制作精美，色彩富丽，虽由外传入中国，亦为我国工艺美术中的一颗璀璨明珠。

景泰蓝是外来的工艺，其实，世界各民族，从古到今工艺美术精品如江河之沙，数不胜数。由于本讲内容以中国工艺美术为主，同时，作为一名非美术专业的大学生，不要求也不需要像美术史专业的学生那样详尽地掌握这些知识。我们无妨从世界工艺美术的汪洋大海中撷取一朵浪花，以收窥一斑知全豹之功效。

17世纪始于意大利而流行于欧洲的巴洛克风格美术可以作为欧洲西方世界近代工艺美术的一种代表样式，一定程度可以代表西方的审美趣味。

"巴洛克"一词源于葡萄牙语，原意是不规则的珍珠，后引申为奇形怪状、矫揉造作，含贬义。

景泰蓝工艺品

其实，巴洛克美术具有鲜明的时代特征——追求运动变化，富有想象力，充满激情、追求新奇，力求从表现形式上吸引人。

巴洛克风格的家居工艺奢华，整体和谐，装饰感强，富有动感和激情，有韵律美感，但是，因其一定程度上代表上层社会的审美趣味，有过于浮华之嫌。

巴洛克家居设计之一

巴洛克家居设计之二

第十一讲　凝固的音乐
——建筑、园林艺术鉴赏

每个人都离不开建筑，建筑是我们最亲近的朋友。它们为我们遮风挡雨，为我们劳动生产、工作生活提供活动场所。建筑一般指的是建筑物或房屋，广义来说，建筑还包括桥梁、道路等土木工程。建筑也是一门艺术，和音乐有相似之处，都有节奏和韵律美感。德国哲学家谢林说过建筑是凝固的音乐，此说颇有道理。

在古希腊就有关于建筑和音乐的神话，古希腊神话中的音乐之神俄耳甫斯有一把七弦琴，他的琴声不仅可以感动鸟兽，还有使木石按照音乐的节奏和旋律组成各种建筑物的魔力。受此启发，18世纪的德国哲学家谢林在其《艺术哲学》一书中提出了那句描述音乐与建筑关系的至理名言："建筑是凝固的音乐。"到了19世纪，德国音乐理论家和作曲家霍普德曼又补充道："音乐是流动的建筑。"[1]这两种说法得到许多音乐家、诗人、哲学家以及建筑师的认同。我国建筑家梁思成先生和德国哲学家黑格尔、文学家歌德等人都在其著作中有过相类似的论述。

建筑和音乐一样都有节奏韵律美感。节奏韵律是一种艺术表现形式，艺术作品一般都有一定的节奏感，节奏可以增强艺术作品的美感，是艺术作品活力与生机的源泉，缺乏节奏韵律感的艺术作品会呆板、松散甚至杂乱无章。

节奏韵律是艺术形式美的灵魂。没有节奏的艺术，往往毫无美感可言。人们用听觉来感受音乐的节奏韵律，用视觉也可以感受建筑的节奏韵律。颐和园的长廊就极具节奏韵律美感。

建筑艺术的特征除了具有音乐的节奏韵律美感之外还有象征性。黑格尔说："建筑艺术一般是一种象征的形式，来暗示和表现一种观念。"黑格尔的意思是，建筑在满足人的实用目的之外，还要象征性地表达承载人的精神和观念。

建筑一定程度上是象征性的艺术。中国古代建筑很多具有象征性意义，如北京天坛的圜丘坛就具象征性。天坛建筑内由三个同心圆构成，外面是正方形包围式建筑，这种内圆外方布置格局在古代很多，象征着"天圆地方"。中国古代认为九是十以下最大的数，所以赋予了数字"九"许多象征性含义，"九"包含有至高无上、无比尊贵之意。古代称皇帝为九五之尊，上天最高有九重天。圜丘坛的

---

[1]［德］黑格尔：《美学》（第三卷），朱光潜译，商务印书馆，1982年，第152页。

颐和园长廊

石台阶和环绕四周竖立的石栏杆条石的数目，也是九的倍数。天坛建筑象征性地表达了对天地神灵的崇拜敬仰之情。

建筑的最重要特征是实用性。建筑首先是人为了庇护自身，满足生存、生活需要而建造的。所以，建筑的功用性是第一位的，最重要的。如何满足功能要求是建筑设计的首要任务。建筑家或建筑设计师首先考虑的是建筑物能不能满足人们的实用目的，其次才考虑建筑物美不美观。也就是说，善的价值优于美的价值，功能的价值优于审美的价值。如我国北京奥运会的主体育馆鸟巢的设计就是如此。鸟巢外形比较新颖奇特，钢架结构错综复杂，远看像一只钢铁怪兽。如果我们走进去看会发现其内部结构和其他体育馆没什么两样，还是椭圆形的足球场和四周围环绕的看

北京天坛

台。建筑师在设计这座建筑时，优先考虑的是如何最大化合理组织和利用空间，如何可以容纳更多的观众，如何便于观众观看比赛，如何更快更顺畅地疏散观众等。内在功能性目的的实现和外在的美观结合起来，才使其成为一座成功的建筑。

最后，建筑离不开技术，有技术性特征。建筑艺术对科技具有很强的依赖性，尤其是在科技日益进步发达的今天，科技在建筑艺术中占据着越来越重要的位置。

一、中国建筑艺术鉴赏

中国建筑从北方的浅穴式、南方的干栏式原始部落建筑发展到现在，已有六七千年的历史，其间留下许多建筑世界之最。有人类七大建筑奇迹之一的万里长城；有隋代建造的，世界上现存最早的单孔石拱桥——长达近一千五百年仍屹立不倒的河北赵县的赵州桥；有高近70米，目前世界现存最高的木结构建筑——山西应县佛宫寺木塔；还有大家所熟知的明、清两代的故宫，是世界现存规模最大的宫殿建筑群。

北京故宫

故宫是封建帝王居住、办公的场所，是帝王权力的象征。它的建造目的之一就是要显示帝王的权威。为了营造整齐严肃的氛围，故宫宫殿沿着一条南北中轴线排列，左右对称，给人整齐划一、庄严肃穆之感。高大的城墙、巍峨壮观的城门楼，显示出皇家气派，人行走其间有一种压迫感。这是古代统治者利用建筑艺术来象征性地展示权力的威严和帝王至高无上的地位的一个突出例子。

中国建筑受儒家礼教思想影响，故宫可以说是儒家礼制文化的具体体现。儒家礼教规定的君臣、夫妻、嫡庶关系在故宫建筑上表现得淋漓尽致。故宫按传统礼制的前朝后寝来设计布局，前面主体建筑是三大殿，由南向北排列在中轴线上。这里主要是帝王办公的地方，平时的早朝，节日的庆典，皇帝和文武百官商议国事都在这些地方进行。三大殿高大、宽敞，富丽堂皇，殿外有空旷的院子，满足实用需要绰绰有余，更多的还是用来显示皇权的尊贵。故宫后面部分是皇帝及妃子们居住的地方。这部分虽然没有前面三大殿那么壮观巍峨，但也井然有序。建筑物沿着南北走向的中轴线依次排开，大都是皇帝妃子的寝宫，装饰精美，间以花草树木，假山鱼池。皇后和帝王的寝宫建在中轴线上，体现出严格的尊卑关系。

故宫体现了封建的礼法制度，四合院其实就是缩小版的故宫，两者大同小异，也一定程度显示了儒教礼法制度。

北京传统民居四合院一般分外院内院。外院一般是下人居住的地方，设施比较简陋，卫生状况也要差些。内院是房屋主人全家居住的地方。分东西厢房和上房，年级大、辈分高的住上房，年轻、辈分低的住东西厢房。中间是院落，可以种植花草树木，放置盆景或鱼缸桌椅、石凳之类的东西，便于人们休憩之用。内院最后面部分一般是女眷居住的地方，通常大户有钱人家的女子都是大门不出，二门不迈，外面来的客人一般都看不到。因为在中国古代女子要缠足，儒家礼教还规定男女授受不亲，女子地位远不如现在。

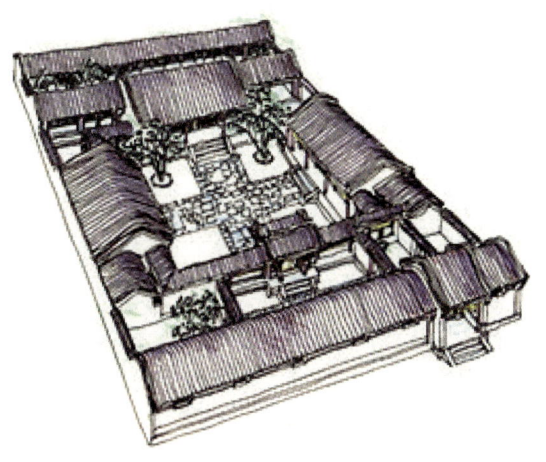

北京四合院

北京四合院除了体现儒家礼教文化之外，还是中华民俗民风等传统文化的载体。四合院的装饰处处体现着民俗民风和传统文化，表达人们对幸福美好生活的向往与追求。如以蝙蝠、寿字组成的图案，寓意"福寿双全"，以花瓶内安插月季花的图案寓意"四季平安"等。还有门柱上的对联，室内的书画，集古今佳句名言，诗词歌赋，书画雅韵，充满浓郁的文化气息，登堂入室，有如步入一座中国传统文化的殿堂。

如果说北京四合院是中国北方民居的代表，徽派建筑则称得上是中国南方民居的代表。现已列入世界遗产名录的徽派民居，最具代表性的建筑大多分布在安徽省的南部，以及和江西交接的地方，如黟县西递、宏村，也包括江西婺源等。江西婺源近些年名声大振，被誉为中国最美丽的乡村，每年前来观赏的游客络绎不绝。徽派建筑装饰性比较强，一般装饰有精美的木雕、石雕等。建筑除了民居外，还有祠堂、牌坊等。徽派建筑给人的突出印象是白墙青瓦和高高的马头墙，高大的马头墙不仅美观，而且可以防火。

安徽在明清时期商人很多，形成著名的徽商。他们赚了钱之后便建造高大精美的房屋，外围以高墙、四周房屋围成天井，用以采光、通风。南方雨天比较多，雨天雨水从四面屋檐流下，人们在天井摆上几个大缸用来承接雨水，俗称"四水归堂"，以此来象征"肥水不流外田"，这是商业文化的一种体现。

徽派建筑深蕴道家"朴素而天下莫能与之争美"的设计理念，给人整体感觉是素朴的、淡泊宁静的，尽管细部有些精雕细刻的装饰。选址也有讲究，房屋多依山傍水而建。人们一般可以看到传统的

徽派建筑

徽派建筑"四水归堂"

徽派建筑总是临近水流。流水淙淙，小桥弯弯，像蚯蚓似的小道，垂柳掩映其间，好一派美丽风光，不是江南，胜似江南！随处可见的马头墙高低起伏，错落有致，和青瓦黑白辉映，有建筑的节奏韵律美感。屋前屋后有庭园，庭院中有水井鱼池、果木花卉，置身其中，感觉人和自然融为一体。

徽派建筑里走出过一代大儒朱熹，也令明代著名戏剧家汤显祖魂牵梦绕，曾谓"一生痴绝处，无梦到徽州"，徽派建筑的魅力可见一斑。

曾经有一部动画电影《大鱼海棠》，以福建永定客家土楼作为故事的场景，电影画面中福建土楼独特的建筑造型和风格给观众留下了深刻的印象。

福建土楼主要分布在福建西南部的漳州、龙岩地区。土楼是一种聚族而居、具有防御功

福建土楼

能的民居建筑。因战乱等原因南迁的客家人把中原地区的夯土版筑技术带到了南方，从宋元到明清，一直延续至今。

福建土楼依山傍水，设计独特，一般是封闭式的，单体建筑规模宏大，有圆形、方形等多种形状，聚族而居，里面往往可容纳数十到数百户人家。土楼外围是厚实的夯土墙，这是土楼建筑主体部分，内部为木构架，各种生活设施都在这里。土楼有突出的防御功能，四面包围型的密闭构造主要目的就是防卫。因为古代兵荒马乱，建造土楼的客家人本来就饱受战乱之苦，所以才有了这样独特的建筑。福建土楼因其独特性在建筑学上有很大研究价值，其中最著名的有华安的二宜楼，永定的承启楼、福裕楼等。

二、外国建筑艺术鉴赏

古埃及人信奉灵魂不朽的观念，他们相信，只要尸体保存完好，人就能复活并从此得永生，金字塔就是法老为保存遗体而建造的。制造木乃伊的技术和金字塔的建造都源自埃及人对灵魂不灭的信仰。金字塔从早期的阶梯形，经过演变成方锥形金字塔，吉萨金字塔群是其主要代表。吉萨金字塔中最大的是胡夫金字塔，塔高近150米，基座四边各长230多米，由230万块重约2.5吨的巨石建成。

金字塔以其庞大的体积和重量，使人感到自身的渺小，给人以精神上的压力，同时，金字塔也象征着法老至高无上的地位。谁能想得到，古埃及人在五千年前就建造出了如此伟大的建筑，实在是让人惊叹。

埃及金字塔

雅典卫城的主体建筑帕特农神庙是古希腊最著名的围柱式建筑，约建于公元前5世纪。它代表着古希腊人建筑的最高成就，被称为"神庙中的神庙"。希腊人崇尚人体艺术，他们的建筑采用柱式结构，有象征男人体的多利亚柱式和象征女人体的爱奥尼亚式。帕特农神庙围柱为粗壮结实的多利亚柱式，即使今天已经残破，遗留下的建筑遗迹仍然十分雄伟，显得庄严而神圣，帕特农神庙可称得上是世界艺术史上最完美的建筑典范。

古罗马的建筑举世闻名，它为后人留下了众多宏伟的建筑，许多古罗马建筑在经历了数千年的风风雨雨之后，直到今天仍然屹立不倒，实在是让后人感叹古罗马建筑技艺之高超。

古罗马人在前人的基础上有自己的发明和贡献。他们利用火山灰发明了混凝土，混凝土可塑性

古希腊帕特农神庙

强,和砖一起使用,可以建造出各种形状的建筑,而且结实坚固。古罗马人在建筑上另一个伟大发明是创造性地大量运用拱券技术。拱券符合力学原理,这种结构非常稳固,且节约材料。拱券和混凝土技术的发明和大量运用,使古罗马人在建筑领域处于遥遥领先的地位。我们常说唐诗宋词,意为唐朝的诗、宋朝的词是最好的。换句话说,古希腊的雕塑、古罗马的建筑,道理是一样的。就像马克思所说的,古希腊的雕塑达到了后人难以企及的高度,那么古罗马的建筑同样如此。今天的我们除了对古罗马的建筑景仰赞叹之外,可能还有困惑。为什么古罗马人能为后人留下如此众多伟大的建筑?万神殿、凯旋门、纪念柱、竞技场,等等,这是多么了不起啊!

古罗马斗兽场源自古希腊时期依山而建的半圆形剧场。古罗马人利用他们发明的拱券结构将观众席架起来,并将半圆形的剧场扩展成圆形。从外面看,竞技场是一座布满了希腊柱式的拱券建筑,共有4层拱门,一、二、三层分别是多利亚式、爱奥尼亚式、科林斯式3种柱式装饰拱券门,第四层是饰有半圆柱的围墙。整个斗兽场呈椭圆形,长188米,宽156米,可容纳5万以上的观众。这种形制结构,今天的大型体育场依然沿用。当年奴隶主们享乐,驱使奴隶和猛兽搏斗的竞技场,如今成为意大利旅游胜地,每年都吸引着来自世界各地成千上万的游客。

古罗马斗兽场

巴黎圣母院建于1163年,是典型的哥特式风格的教堂。哥特式风格给世人的感觉首先是高高的尖顶,巴黎圣母院屋顶正中有高达106米的尖塔,四周还有带有尖顶的高大的塔楼,整个建筑高大宏伟,是欧洲建筑史上一个划时代的标志。主体建筑结构为石材,历经数次火灾,仍基本保存完好;但2019

法国巴黎圣母院（一）

年4月15日，巴黎圣母院遭遇有史以来最严重的一次火灾，整座建筑损毁严重。

哥特式建筑除了外在形式新奇之外，最大特点是给人整体向上的感觉。这时候欧洲的建筑已大量采用拱顶结构，有多种类型的拱顶，如圆弧拱、肋拱、尖拱和飞扶拱等。飞扶拱的使用可以使高大建筑物的墙壁不用像古罗马万神殿的墙壁那么厚重，从而使建筑轻盈灵巧，可以开巨大的窗户，有良好的通风采光条件。其他拱顶的应用则使内部空间变大，支撑拱顶的柱子形成了垂直向上的众多线条，内部装饰一律被这些笔直细长的线条所引导，给人向上高升的感觉，和哥特式高高的尖顶一起营造出了一种宗教氛围，仿佛那高大的教堂是通往神秘天国的场所。加上教堂巨大的玫瑰型花窗，四周墙壁上彩色玻璃的镶嵌画，当阳光照在彩色玻璃上，显得五彩缤纷、光怪陆离，更加增强了宗教让人迷醉的效果。拿破仑说过一句很有名的话，当一个不信仰上帝的人走进教堂的时候，会觉得很不自在。因为教堂建筑以它宏伟的形制、华丽的装饰和营造出的宗教氛围对人的精神产生感染或压迫，让信徒受到感染，更加信仰上帝，使不信仰的人精神上受到压迫，从而觉得不自在。西方人把最好的建筑献给了上帝，诚不我欺也。

法国巴黎圣母院（二）

卢浮宫是世界最大、藏品最丰富的博物馆之一。历史上，它曾是法国国王的宫殿，见证了法国历史的变迁。今天，卢浮宫是举世闻名的博物馆，收藏有古希腊著名雕塑——断臂的维纳斯，还有文艺复兴时期达·芬奇的《蒙娜丽莎》等艺术珍宝。卢浮宫地处法国塞纳河右岸，东西走向，两侧的长度均为690米，占地约19公顷，整个建筑壮丽雄伟。卢浮宫入口有华人建筑家贝聿铭设计的金字塔型建筑，为古老的卢浮宫增色不少。

法国卢浮宫

印度的泰姬陵是当之无愧的伊斯兰建筑的皇冠，被称为世界建筑七大奇迹之一也不足为奇。据传，泰姬陵是印度一位国王为心爱的妃子建造的纪念性建筑。它的建造材料是白色的大理石和大量的玻璃、宝石。以前还有白银打造的大门和黄金宝石镶嵌的栏杆，后被盗。泰姬陵是伊斯兰清真寺风格的建筑，主体建筑周围有塔楼，正前方有长方形水池和园林。无论是白天还是晚上，泰姬陵都美轮美奂。洁白的大理石，宁静的水面，优美的造型，美丽的爱情故事令无数人为之倾倒，它像一颗美丽的明珠，在艺术的长河里永远散发着璀璨的光芒。

澳大利亚悉尼歌剧院的设计是从全球将近两万个设计方案中，万里挑一选出来的。其设计独具匠心，别具一格，与周围环境融为一体，看上去像海上的船帆，又像海边沙滩上的贝壳。贝壳形状的屋顶是由数千块混凝土预制块拼成。如今这座被评为世界文化遗产的建筑已成为澳大利亚的一张名片。

如今悉尼歌剧院是世界上最繁忙的艺术中心之一，集建筑的美观性和功能性于一身。里面有大型音乐演奏厅，还有放映厅、戏剧院和游乐场、露天表演场等。现在悉尼歌剧院已成为澳大利亚象征性建筑，是现代建筑设计成功的典范。

三、园林艺术鉴赏

园林是有山水花草树木，供人们休憩、享玩的人造空间环境。人有向往大自然的天性，中国儒家有仁者乐山、智者乐水的说法，道家崇尚自然，天人合一的理念在中国人观念里深入人心。受此影响，中国很早就有山水画，比西方风景画早了将近一千年。中国的园林和欧洲园林、伊斯兰园林一起

印度泰姬陵

澳大利亚悉尼歌剧院

并称世界三大园林。

中国园林可以分为皇家园林和私家园林两大类。皇家园林通常也称北方园林，私家园林又叫南方园林。北方园林以北京为中心，有河北承德的避暑山庄、北京的颐和园等。相对于南方园林，北方园林规模更大、布局更严整。北方园林更多地利用自然山水，是真山真水，人工对自然山水加以改造，一般装饰华贵，富丽堂皇，显示皇家气派。南方园林散布于苏州、南京、杭州、扬州等江南富庶之地。私家园林的主人一般是达官显贵，富商巨贾。他们建园的目的，在于居住，在于怡情冶性，也有的是为了附庸风雅，炫耀财富、身份地位。

北京颐和园十七孔桥

南方园林小巧精致、妩媚秀丽，有江南的温婉与柔美。园林面积不大，一般不过数亩或数十亩不等，苏州四大名园之首的拙政园也不过占地几十亩大小。

南方园林仿造自然山水，是自然山水的缩影，它的设计理念是虽为人造，但要看不出人工的痕迹来。园林虽小，假山树木，亭台楼阁，花草池鱼俱在其中。人居其间，可居、可游、可赏玩、可亲近自然，是人与自然和谐相处的建筑杰作。

西方的欧洲古典园林受西方文化的影响，西方人重理性，把数学等自然科学的理念引入园林艺术之中，注重追求形式美与人工美。

法国凡尔赛宫园林是欧洲园林的代表，将几何式形式美法则发展到极致，处处显示出人工的美，是人工化的自然。西方园林的人工美，人化自然和中国的不同。我们对自然的人工改造要求不露痕迹，要有虽为人作、宛自天开的艺术效果。力求含蓄，含而不露是为高妙。中国园林是中国天人合一

苏州园林

法国凡尔赛宫园林（一）

法国凡尔赛宫园林（二）

哲学思想在建筑上的体现。西方园林的人工化则非常明显，一点也不含蓄，让人一看就知道是改造过的。这有点像外国人打招呼，动不动就"kiss"或者说"Darling, I Love you"，中国人就很含蓄，顶多握手或拥抱一下，"亲爱的"是很难说出口的。之所以这样，还是由于中西方文化上的差异，中国儒道哲学，强调中庸之道，中和之美，所谓过犹不及也。西方人讲理性，追求理性的和谐美。理性要求充分发挥人的主观能动性，所以没办法含蓄。这种文化表现在园林建筑上就有了很大差异，形成中西不同风格的园林。

第十二讲 综合的艺术
——动画艺术鉴赏

> 我始终坚信，一定可以通过动画电影来表达自己的心声。
>
> ——宫崎骏[1]

　　动画和电影、电视一样属于综合的艺术。动画需要有一定的剧情，文学的剧本、对话台词，还有拍摄、配乐等，它需要众多艺术形式的共同参与才可以完成。动画和电影、电视一样，产生的时间不算长，到现在有一百多年的历史。1892年法国人埃米尔·雷诺发明了动画放映技术，所以他被被誉为"动画之父"。中国动画起步稍晚一点，20世纪20年代拍摄放映了第一部动画。动画艺术发展到今天，已经和其他电影电视一样，形成发达的产业体系，并深受人们的喜爱。

　　从技术层面来说，动画和其他影视艺术不同，动画拍摄的对象是绘画（手绘或电脑制作），再用摄影机逐帧拍摄成系列画面。它的放映原理和其他影视艺术是一样的，都是利用人的视觉暂留原理，每隔0.3秒左右放映一张图像，观众看到的就是连续流畅的画面。

　　动画的分类有很多，根据制作和播放技术的不同，有普通平面的动画、三维立体动画，还有VR技术支持的虚拟动画等；按照表现手法及媒介的不同来分类，比如，用水彩绘图的叫水彩动画，水墨绘画的就是水墨动画，诸如此类的还有剪纸动画、木偶动画，等等。其他分类形式也可以参照其他影视的分类方式，有喜剧题材动画、爱情题材动画等类型。

　　动画的鉴赏首先是直观的感受，动画中的场景、角色、音乐、语言、画面、故事情节等给人初步的感性认识。在此基础上，观赏者根据自身的兴趣爱好、知识储备等从不同的角度，如影视语言、表现手段、配乐或者画面、故事情节、人物形象等多个方面进行鉴赏。通过理解、想象等心理活动把初步的感性认识上升到理性的阶段，对动画形成自己独特的理解。当然，每个人审美鉴赏力不同，所以，鉴赏结果可能会大相径庭，这就是为什么"一千个读者就有一千个哈姆雷特"的原因。甚至，有的欣赏者会和作品产生共鸣，从而对艺术或人生产生感悟，获得启迪，从中获益良多。

　　中国动画虽然目前还及不上美国或日本动画，但始终致力于挖掘本国文化艺术潜力，以求形成民

---

[1]［日］宫崎骏：《与梦飞翔宫崎骏》，文化艺术出版社，2002年，第122页。

族风格的动画，水墨动画片就是其中成功的范例。水墨动画寓教于乐，将传统的中国水墨画引入动画制作中，中国水墨画的诗情画意和笔墨韵味赋予了动画片独特的风味。

上海美术电影制片厂于20世纪60年代初尝试水墨动画，并取得成功。第一部水墨动画片是上海美术电影制片厂制作的《小蝌蚪找妈妈》，其中的小动物造型从齐白石《蛙声十里出山泉》等画作中选取。水墨动画是一种中国独有的艺术语言表现形式。水墨画独有的韵味和效果构成了水墨动画别具一格的表现

动画电影《小蝌蚪找妈妈》

力。中国水墨画的意境美和独特风格使水墨动画在国际上博得赞誉。水墨动画为中国动画电影的民族化、国际化开辟了一条新道路。

20世纪60年代初，时长117分钟，由上海美术电影制片厂摄制的彩色动画电影《大闹天宫》，是当时中国民族特色动画的巅峰之作，也是享有国际盛誉的鸿篇巨制，是中国民族风格动画的扛鼎之作，完美地表达了中国的传统艺术风格。

《大闹天宫》中的人物场景、画面形象，特别是主角孙悟空的艺术形象，采用中国画的二维表现形式，具有一定的装饰性效果。同时从中国古代工艺美术、民间美术和敦煌壁画等相关艺术形式中借鉴，使得这部动画片具有鲜明的民族特色。把如此众多的民族艺术形式融入一部动画片，这还是第一次，也是最成功的一次。《大闹天宫》画面色彩丰富，角色动作来自国粹京剧戏剧人物动作造型，面孔也采取京剧脸谱的造型，吸取戏曲程式化表演的精华，配上节日喜庆气氛的民乐和鼓点打击乐，给人以活跃、欢快、热烈的情绪，带给观众强烈的民族风格的形式美感。

该影片先后在40多个国家和地区上映，上映后在国内外引起强烈反响，荣获国内外多项大奖，获得高度评价。美国人评论认为，这是一部超越迪士尼动画的电影，美国绝对无法拍出这样一部动画。为什么呢？因为《大闹天宫》不仅是一部动画，作为综合的艺术形式，它集中展示了中国数千年的文化和艺术，中国丰厚的文化艺术积淀是美国这样才建国不过数百年的国家没有的。他们当然拍不出这样的动画，这只有在中国这样有悠久历史和文化艺术传承的国家才可以。

自20世纪90年代至今，中国动画经历了早期的

动画电影《大闹天宫》

动画电影《宝莲灯》

日本动画电影《千与千寻》

辉煌后,和美国迪士尼动画、日本宫崎骏动画相比发展缓慢。为重振国产动画,上海美术电影制片厂历时四年制作了动画片《宝莲灯》,它取材于中国的民间传说,精心制作画面和人物造型,配乐中三首经典的插曲风靡一时,有《想你的三百六十五天》《天地在我心》和情歌王子张信哲的片尾曲《爱就一个字》。《宝莲灯》还运用了现代高科技,因而1999年上映后,给人以耳目一新之感,获得了观众的好评。《宝莲灯》采用明星配音,用流行歌手配曲,是一次动画电影的商业运作,这在迪士尼动画中屡见不鲜,中国动画借鉴国外经验,在配乐上取得了成功。但是这部动画也有一些不足之处,如画风难以超越《哪吒闹海》,人物及情节设定过于简单,主题不是很突出鲜明等。由此可见,中国动画创新之艰。

中国动画还有像《哪吒闹海》《葫芦兄弟》(又名:葫芦娃)等很多优秀作品,相信只要坚持民族传统,借鉴世界动画前沿技术文化,中国动画今后会取得更好的成绩。

一提起日本动画,人们肯定会想到宫崎骏,这位日本动画界的传奇,奥斯卡终身成就奖获得者,几乎成了日本动画的代名词。《千与千寻》由宫崎骏执导、编剧,2001年在日本上映,并在2003年获得第75届奥斯卡金像奖最佳动画长片奖。

宫崎骏一生获奖无数,每部影片都是经典,代表着日本动画的最高水平。他的电影魅力究竟何在?

宫崎骏动画影片成功的因素很多,首先是创新性和天马行空般丰富的想象力。他曾经说过一句名言:"当我决定成为一个动画师时,我决心绝对不抄袭任何人。"他确实说到做到。宫崎骏的电影有其独特的风格,无论是画面,还是主题情节、主要角色的塑造等都与众不同。独创性之外,是浪漫的想象力,拿《千与千寻》来说,讲述的是一个叫千寻的小姑娘和爸妈一起误入一个奇幻的世界,贪吃的人会变成猪。幸好千寻不贪吃,她经过历险获得成长,并成功救出了父母。故事奇幻,其中所有角色形象的设定都非常具有想象力,《千与千寻》中的白龙、宝宝、无脸男、汤婆婆、锅炉爷爷等形象无不来自丰富的想象力，故事场景也是如此。

其次是电影主题和主要人物角色的塑造。宫崎骏的每部作品，题材虽然不同，但始终关注环保、人生、人情人性、生存和战争等这些令人反思的主题。宫崎骏电影中的主要角色多为聪明善良、勇敢坚强的女性，她们往往能战胜困难，实现自我的超越。所以，宫崎骏的电影既能给人正面的鼓舞和力量，也因宣扬美好的人情人性使观众感受到浓浓的爱的力量。艺术要表现真善美，宫崎骏真的做到了，这正是他电影伟大之处。

最后，宫崎骏电影中那优美的画面生活场景，如桃花源般让人着迷的田园风光，是人类理想的家园，让人憧憬，使人向往。再加上日本电影音乐大师久石让的配乐，或欢快热烈，或雄浑激越，或缠绵抒情，或空灵悠扬的音乐为宫崎骏动画电影画上了完美的句号。

美国动画电影是影视高科技的引领者，有先进的电脑动画特效科技，迪士尼式的温情幽默，弘扬亲情、友情、爱情和人情人性美的主题，简洁明快的故事情节，成熟的市场运作，高效的商业模式，经典的配乐，还有塑造的许多动画明星形象，如白雪公主、狮子王、米老鼠和唐老鸭等，谁都能随口说出几个来。可以说，美国动画代表着世界动画的最高水准。《飞屋环游记》是由彼特·道格特执导，皮克斯动画工作室制作的首部3D动画电影。影片在2009年5月29日于美国正式上映，并于2010年获得奥斯卡最佳年度动画长片奖和最佳原创配乐奖。这部动画一定程度上可以代表美国动画的风格。

《飞屋环游记》故事并不复杂，讲述的是一个老人和小孩一起历险的故事。老人一直有个梦想，想去遥远的南美洲看传说中的美丽瀑布。遗憾的是，一直到老伴去世也未能成行。直到居住的小屋要被强拆才把房子绑上大量气球，他和房子一起飞向高空，开始了历险。这部动画电影构思想象力相当丰富，可以飞的房子、奇妙的历险经历都需要奇思妙想才行。随行的小胖孩负责插科打诨，搞笑。可能每个人都会有梦想，有的人的梦想也许一辈子实现不了。老人的梦想本来也难于实现，最终孤注一掷才得以成行。实现梦想的过程可能会有风险，有各种各样的困难要克服。这个故事告诉我们，要实现梦想，勇气是必须的。没有勇气，没有冒险的精神，可能会一事无成。我们很多人不是因为怕失败，或者觉得事情太难了，就不去做的吗？结果最终什么事也没做成。所以，这部动画电影可以看成是励志主题的影片。主题励志，画面则采用了3D技术。在2009年，3D技术在动画电影中使用还是很新鲜的，也给人视觉享受。浪漫的历险，奇异的风光，视觉震撼的画面，励志的主题，成就了这部动画电影，夺得奥斯卡奖也在情理之中。

《飞屋环游记》有美国动画一贯的风格和优点，雅俗共赏、高科技、温情、幽默、动听的音乐、感人的情节、简洁明快的故事主线，却能让人深思。

迪士尼动画是美国动画的符号和代表。迪士尼成立90周年之际，推出了以姐妹亲情为主线的动画片《冰雪奇缘》。这部动画片讲述了一个冰

动画电影《飞屋环游记》

雪王国两位公主之间的姐妹亲情故事。该片和主题曲《Let it go》获得巨大的成功，囊括奥斯卡奖等众多奖项，票房收入超10亿美元。

这部代表着迪士尼王者归来的动画片吸引观众的除了故事情节、配乐、动画特效、人物角色之外，还有就是不同以往的"真爱"主题。它跳出了男女爱情的俗套，以姐妹亲情为主要内容，对"真爱"进行了新的诠释。

在《冰雪奇缘》中"真爱"的内涵更加丰富。爱可以驱散黑暗，为人照亮光明的前程；爱是自我救赎、重塑自我的力量源泉；爱是滋润心灵、打开心门的钥匙；爱是战胜困难、通往幸福彼岸的桥梁。[1]

美国动画电影《冰雪奇缘》

---

[1] 参考王飞凯：《动画电影〈冰雪奇缘〉的真爱主题》，《电影文学》2015年第7期。

参考文献

1. ［德］黑格尔：《美学》第一卷，朱光潜译，商务印书馆，1979年。
2. 孙美兰：《艺术概论》，高等教育出版社，2008年。
3. 顾明远：《教育大辞典》，上海教育出版社，1998年。
4. 陈师曾：《文人画之价值》，《绘学杂志》1921年第2期。
5. 屈小力：《浅谈富春山居图长卷六段构图》，《文艺生活·文海艺苑》2012年第12期。
6. 伍英：《远去的背影 文化的神韵——中国古代绘画》，中国商业出版社，2015年。
7. ［宋］沈括：《梦溪笔谈》卷十七《书画》，中华书局，2009年。
8. 2019年4月11日教育部文件《关于切实加强新时代高等学校美育工作的意见》。
9. 2006年教育部办公厅印发的《全国普通高等学校公共艺术课程指导方案》。
10. ［明］张岱：《陶庵梦忆》，中华书局，2008年。
11. ［宋］刘道醇：《圣朝名画评 五代名画补遗》，山西教育出版社，2017年。
12. 岳仁译注：《宣和画谱》，湖南美术出版社，1999年。
13. 梁实秋：《梁实秋散文集》，浙江文艺出版社，2006年。
14. 北京大学、北京师范大学中文系、北京大学文学史教研室编：《陶渊明研究资料汇编》（上册），中华书局，1962年。
15. 陈鼓应：《庄子今注今译》，中华书局，1983年。
16. ［宋］黄休复：《益州名画录》，人民美术出版社，1964年。
17. 彭吉象：《艺术学概论》，北京大学出版社，2015年。
18. 万书元：《艺术美学》，高等教育出版社，2006年。
19. ［唐］韦续：《书法要录》，哈尔滨出版社，2010年。
20. ［英］贡布里希：《艺术的故事》，范景中译，杨成凯校，广西美术出版社，2008年。
21. ［意］达·芬奇：《达·芬奇论绘画》，人民美术出版社，1981年。
22. 朱光潜：《西方美学史》（下册），人民文学出版社，1999年。
23. 张节末：《禅宗美学》，浙江人民出版社，1999年。

24. 周永民：《宋瓷审美取向与庄子美学思想》，《中国陶瓷》2008年第2期。
25. 周永民：《论陈逸飞油画艺术中的"静谧"美》，《名作欣赏》2007年第7期。
26. ［意］达·芬奇著、［美］H. 安娜·苏编：《达·芬奇笔记》，刘勇译，湖南科学技术出版社，2015年。
27. 北京大学哲学系外国哲学史教研室译：《古希腊罗马哲学》，商务印书馆，1982年。
28. 鲍桑葵：《美学史》，商务印书馆，1985年。
29. 张节末：《狂与逸》，东方出版社，1995年。
30. 北京大学哲学系美学教研室编：《中国美学史资料选编》（上），中华书局，1980年。
31. 李泽厚：《美的历程》，生活·读书·新知三联书店，1981年。
32. ［德］谢林：《艺术哲学》，中国社会出版社，2005年。
33. ［德］黑格尔：《美学》，朱光潜译，商务印书馆，2009年。
34. 王飞凯：《动画电影〈冰雪奇缘〉的"真爱"主题》，《电影文学》2015年第7期。
35. 张锦、刘梦梅编著：《美术鉴赏》，上海交通大学出版社，2018年。

图书在版编目(CIP)数据

美术鉴赏十二讲/周永民编著. —上海：复旦大学出版社，2020.8(2023.12重印)
弘教系列教材
ISBN 978-7-309-14809-1

Ⅰ.①美… Ⅱ.①周… Ⅲ.①品鉴-高等学校-教材 Ⅳ.①J05

中国版本图书馆 CIP 数据核字(2019)第 288412 号

美术鉴赏十二讲
周永民　编著
责任编辑/郑越文

复旦大学出版社有限公司出版发行
上海市国权路 579 号　邮编：200433
网址：fupnet@fudanpress.com　http://www.fudanpress.com
门市零售：86-21-65102580　团体订购：86-21-65104505
出版部电话：86-21-65642845
上海丽佳制版印刷有限公司

开本 889 毫米×1194 毫米　1/16　印张 7.5　字数 185 千字
2023 年 12 月第 1 版第 2 次印刷

ISBN 978-7-309-14809-1/J·418
定价：58.00 元

如有印装质量问题,请向复旦大学出版社有限公司出版部调换。
版权所有　　侵权必究